Nadine & Ansgar Fabri

JOIN THE HEADQUARTER

Facts and Fiction

Anthologie

AF139485

Präsentiert von

Bibliografische Information der Deutschen Nationalbibliothek: Die Deutsche National-bibliothek verzeichnet diese Publikation in der Deutschen Nationalbibliografie; detaillier-te bibliografische Daten sind im Internet über www.dnb.de abrufbar.

Covermotiv u. Montage: Nadine Fabri

Partnerlogos:
- VHS Mönchengladbach
- Volksverein Mönchengladbach
- BIS-Zentrum für offene Kulturarbeit
  in Mönchengladbach

Herstellung und Verlag:
BoD – Books on Demand, Norderstedt
ISBN: 978-3-7386-0024-7

Nadine & Ansgar Fabri

Join the Headquarter

„Join the Headquarter"

Vorwort von Dr. Marie Batzel,
VHS Mönchengladbach

Kulturelle Bildung und Stadtgeschichte, Kultur und Literatur gehören eng zusammen, sind oft eins.

Ich freue mich deshalb, dass mit „Join the Headquarter" von Nadine und Ansgar Fabri eine Anthologie erscheint, die mit kleineren Reportagen und Kurzgeschichten das JHQ zum Mittelpunkt hat. Das JHQ mit seinen im Schnitt ca. 6.000 Einwohnern, eigenen Geschäften, einer Schule und natürlich mit einer eigenen, britisch gefärbten Alltagskultur war fast 60 Jahre lang ein spannender Stadtteil Mönchengladbachs. Und spannend ist es auch heute noch, die Entwicklung des ehemaligen Hauptquartiers der NATO und verschiedener Verbände der britischen Streitkräfte zu verfolgen.

Mit einer Mischung aus *facts and fiction* greifen Nadine und Ansgar Fabri die Ereignisse vor und nach der Schließung des JHQ auf und thematisieren selbst noch die Ereignisse rund um das JHQ des Sommers 2014.

Wir freuen uns, dass Ansgar und Nadine Fabri das Buch in unserer Veranstaltungsreihe

FORUM KULTUR

am 5. November 2014, 19:00 Uhr

in Haus Berggarten

präsentieren werden und hoffen, dass es Erinnerungen wecken und zur Diskussion und zum Austausch über einen der interessantesten Aspekte der Mönchengladbacher Stadtgeschichte anregen wird.

Viel Spaß beim Lesen dieses besonderen, informations- wie fantasiereichen Buch-Experiments!

Ihre
Dr. Marie Batzel
Programmbereichsleitung Kulturelle Bildung
Volkshochschule Mönchengladbach

VOLKSHOCHSCHULE
MÖNCHENGLADBACH

Inhalt

Facts

Fiction

Wo sind Sie denn gelandet? - Willkommen in den „Joint Headquarters Rheindahlen"

Stellen Sie sich Folgendes vor: Sie fahren in einem ganz normalen Bus, sagen wir mit der Linienummer „23", durch Mönchengladbach auf dem Weg zu Bekannten, und plötzlich bemerken Sie, dass „irgendetwas nicht stimmt" und Sie vermutlich schon hätten aussteigen müssen.

Vielleicht fällt es Ihnen auf, während der Bus schon eine ganze Weile mit Ihnen über eine Straße braust, die durch einen Wald führt: Der Haltestellenmonitor zeigt an, dass Sie auf englischsprachige Stationen zugefahren werden – „HQ-Greenville Road", „HQ-Snyders Road", „HQ-NAAFI", „HQ-Swimming Pool"... Sie drehen sich um und möchten sich bei anderen Fahrgästen erkundigen, wohin der Bus Sie bringt, aber inzwischen sind nur noch wenige Fahrgäste an Bord – und die wenigen, die Sie einige Sitzbänke hinter sich sehen, sprechen miteinander Englisch...

Während Sie sich noch wundern, was hier eigentlich los ist, sehen Sie plötzlich ein großes rechteckiges Schild mit einem roten Wappen vor den Busfenstern vorbeiziehen. Der Bus rollt nun über eine schnurgerade Straße, die von hohen Laternen gesäumt wird, die da stehen wie zum Spalier. Der Bus verlangsamt auf 20 km/h. Sie sehen vor den Fenstern weitere Schilder mit Wappen, und als Sie aufstehen um den Fahrer zu fragen, wohin er sie denn da fährt, sehen Sie durch die Windschutzscheibe, dass Sie auf einen „Check-Point" zugefahren werden – ein grünliches Metalldach, ähnlich wie das einer Tankstelle, aber dass dort keine freundlichen Tankwarte stehen, sondern zwei Wachsoldaten in Tarnfleckenuniformen mit Maschinenpistolen im Arm. Der Bus hält. Durch die Glastür bemerken Sie ein Wachhäuschen mit olivgrünem Anstrich. Nur wenige Schritte davon entfernt erhebt sich eine gemauerte Schussbarriere, die dem uniformierten Wachsoldaten, der auf die Bustür zugeht, bis über die Schulter reicht. Die Falttüren des Buses öffnen sich und der Soldat steigt ein. Mit einem englischen Akzent fordert er Sie höflich auf, Ihren Ausweis vorzuzeigen. Ein routinierter Blick auf Ihren Pass und ein kurzes Nicken, bei allen Fahrgästen die gleiche Prozedur – dann ist der Spuk auch schon vorbei, der Soldat steigt aus, die Türen klappen zu, der Bus fährt an und Sie verstehen die Welt immer weniger.

Eine feuerrote Telefonzelle neben einem ebenso feuerroten Schnörkelbriefkasten verwittern etwas abseits der Straße, die – wie Sie bemerken – „Queens Avenue" heißt. Der Bus fährt Sie über den „Oakham Way" direkt in den Kern einer eindeutig britischen Ortschaft – mitten in Deutschland.

Herzlich Willkommen im „Joint Headquarter Rheindahlen"!

Sie befinden sich im größten britischen Dorf außerhalb des Englischen Königreichs, etwa acht Kilometer westlich vom Mönchengladbacher Stadtkern entfernt. Der Stadtteil heißt – wenig fantasievoll – offiziell „Hauptquartier" und liegt im Stadtbezirk West, zu dem auch der Stadtteil Rheindahlen gehört. Hier lebten im Jahr 2007 etwa 5.800 Menschen, allerdings hatten davon nur 232 ihren Hauptwohnsitz im „Hauptquartier". Wer ein Buch über Mönchengladbach aus den 1960er-Jahren aufschlägt, der liest, dass in dieser „Trabantenstadt" damals 20.000 Menschen lebten, rund 12.000 Soldaten mit ihren Familien. Bis heute arbeiten auch Zivilangestellte hier, wobei diese nicht alle Briten sind, sondern auch Menschen aus anderen Nationen und natürlich auch Deutsche, die ihre Brötchen im „HQ" verdienen.

Apropos Brötchen: Die Zeitungen und das Weißbrot auf den Frühstückstischen hier stammen oft original aus Great Britain und werden extra eingeflogen. Nach einem Sonntagsfrühstück geht's für viele HQ-Bewohner in die Kirche: wahlweise in die anglikanische St. Boniface Church oder auch in die katholische St. Tomas More Church oder auch in die Church of Scotland und Methodisten St. Andrew's. Und nach dem Kirchgang? Wie wäre es mit ein paar Bahnen schwimmen im HQ-eigenen „Swimming Pool"? Dem Besuch einer der 13 Sportanlagen? Oder einem Film im Kino „Globe"? Und wenn sich jemand beim Sport einen Arm bricht, dann ist das, wie man in Deutschland so schön sagt, „noch kein Beinbruch", denn das HQ besitzt natürlich auch ein „Medical Center".

Doch Sie sind hier in keinem „Engländer-Freizeitpark" gelandet, in dem es „echte" Engländer zu bestaunen gibt und das ganze Jahr „Weekend" (vor-)gespielt wird. Nein, während die Kinder in englischen Schulen, wie der

Windsor School, lernen, wird hier gearbeitet. Und das wird Ihnen auch bei der weiteren Busfahrt durch das JHQ bewusst, wenn immer wieder Militärgebäude an den Fenstern vorbeiziehen: Das „Hauptquartier" ist eben ein Militärstützpunkt. Genau genommen ist hier das Allied Rapid Reaction Corps (ARRC) stationiert. Vielleicht haben Sie schon einmal von der „Schnellen Eingreiftruppe" der NATO gehört? Sie fahren gerade durch deren Hauptquartier! Die ARRC – oder eben zu Deutsch „Schnelle Eingreiftruppe" – wurde von der NATO am 2. Oktober 1992 gegründet. Und seit 1994 hat der Stab des ARRC mit rund 500 Mitarbeitern seinen Sitz hier im JHQ Rheindahlen. Haben Sie das gewusst? Und wussten Sie, dass am ARRC insgesamt 17 Nationen beteiligt sind? Übrigens: Großbritannien ist hierbei die Leitnation, was man hier im „JHQ" im wahrsten Sinne des Wortes an jeder Straßenecke merkt.

Schon viele Soldaten haben in diesem Stützpunkt ihren Dienst getan, auch schon, als selbst in höchsten Militärkreisen sich kein General eine politische Weltlage vorstellen konnte wie die, in der wir in diesen Zeiten leben.

Als sich Ost- und Westdeutsche im November 1989 in Berlin in den Armen lagen und den Mauerfall feierten, änderte sich auch vieles im weit entfernten Mönchengladbacher „Hauptquartier": Mit dem Ende des Kalten Krieges lösten die Briten am 20. April 1993 das Hauptquartier der *Royal Air Force Germany* auf. Es ging Schlag auf Schlag weiter: Am 24. Juni 1993 die Außerdienststellung der Stäbe der *Northern Army Group* und der *Second Allied Tactical Air Force.*

Am 28. Oktober 1994 wurde als Viertes und Letztes das HQ der Britischen Rheinarmee zwar außer Dienst gestellt, jedoch nicht aufgelöst, stattdessen umgewandelt in das *Headquarters United Kingdom Support Command (Germany)* UKSC (G), Hauptquartier des Britischen Unterstützungskommandos, Deutschland.

Kein Scherz: Ab dem 1. April 1994 war das Hauptquartier der *Multinational Division Central* „MND (C)" in Rheindahlen einsatzbereit. Was das war? Die erste echte multinationale Division der NATO – mit den vier beteiligten Nationen Belgien, Deutschland, Großbritannien und den Niederlanden. Das Konzept lag seit den Tagen des Kalten Krieges in den Schubladen der

Militärplaner: Die luftbewegliche MND (C) sollte die NORTHAG als Reserveeinheit unterstützen. Wer nicht selbst beim Militär oder in der Politik war, muss hier sicher nachlesen: NORTHAG steht für *Northern Army Group* und war ein Zusammenschluss mehrerer westeuropäischer Heereskorps, die während des Kalten Krieges im Verteidigungsfall der NATO unter ein einheitliches Kommando gestellt werden sollten.

Doch die NATO orientierte sich mehr und mehr Richtung anderer „Krisenreaktionskräfte" und schloss das Hauptquartier der MND (C) am 25. Oktober 2002.

Vielleicht wirkt die militärhistorische Zeitreise ein wenig verwirrend. Halten Sie sich mit so etwas bei Ihrem Besuch im „Hauptquartier" nicht unnötig auf. Überlassen Sie solche Details denen, die im „Big House" ihren Dienst tun. Wenn Sie vor dem hohen, schwarz gestrichenen Zaun stehen und über den weiten Vorplatz blicken, auf dem Fahnen der NATO-Mitgliedsstaaten an ihren Masten wehen, werden Sie schnell spüren, dass hinter den zwei vergitterten Fensterreihen des Baus die wichtigen Denker und Lenker des „HQ" arbeiten.

Viele Mönchengladbacher kennen das Gebäude aus der Zeitung, es ist ein recht oft abgelichtetes HQ-Motiv. Meist drucken die Zeitungen eine Aufnahme, bei der etliche Soldaten mit Flaggen davor stehen. Doch die meiste Zeit im Jahr ist der Platz alles andere als überfüllt, und die wirklich wichtigen Dinge spielen sich ohnehin im Inneren des „Big House" ab. Platz genug gibt es offensichtlich: Rund 2.000 Räume beherbergt es. Mit seinen Außenmaßen von etwa 160 mal 250 Metern lässt das „Big House" keinen Moment die Frage offen, wie es zu seinem Namen kommt oder Zweifel darüber aufkommen, dass hier auf dem Gelände einst die größte Einzelbaumaßnahme war. Grundsteinlegung war übrigens am 1. Juli 1953. Ein kleiner Tipp: Wenn Sie nach Hause kommen, dann sollten Sie mal mit Google-Earth das Big House von „oben herab" ansehen. Warum? Wie komplex und kompliziert es gebaut ist, sehen Sie aus der Luft am besten.

Ocilka

Wenn es einen Zeugen für den Augenblick gegeben hätte, in dem Ocilka beschloss, seine Mission zu beginnen, so hätte sich dieser Zeuge in seinen schlimmsten Vorstellungen nicht ausmalen können, was in diesem scheinbar so friedlichen Moment seinen Lauf nahm.

Der Hüne Ocilka saß aufrecht da, wie meditierend, einsam im Wald, über dem die Sommersonne unterging. Seine breiten Arme ruhten auf seinen Knien, seine Beine steckten in Tarnfleckenhosen, die sich mit ihren Schlamm- und Staubflecken kaum von seinem lumpigen Soldatenhemd unterschieden, das sich über seinen Oberkörper spannte.

Der nicht-existierende Zeuge hätte Ocilka für einen Obdachlosen halten können, vielleicht für einen ausgebrochenen Straftäter, der sich hier im Wald versteckte. Das schräg aufragende Holzdach, das Ocilka wohl als Refugium vor Regen und Wind schützen sollte und vor dem Asche in einem steinernen Feuerkreis vor sich hinglomm, wären sicher gute Indizien für diesen Verdacht gewesen.

In dem Moment, in dem der Koloss mit dem kahlgeschorenen Kopf aus seiner meditativen Starre erwachte und die Augen aufschlug, hätte der nicht-existente Beobachter sicher nicht mehr einschätzen können, was für einen Menschen er da beobachtete: einen gehetzten, nervösen, zornigen, einen entschlossenen. Alles schien zuzutreffen, sich zu bestärken und gleichzeitig aufzuheben. Einen kurzen Moment huschte eine Spur Unsicherheit über Ocilkas Gesicht, doch unbändige Entschlossenheit verschlang diese Gefühlsregung sofort.

Es ging los, er rappelte sich auf, hielt einen letzten Moment inne, schloss die Augen, atmete ein, atmete aus – und stürmte los, rannte auf einen Trampelpfad im Gestrüpp zu, in dessen Dunkelheit Ocilka binnen Sekunden unsichtbar wurde.

Er hastete durch den Wald, Äste knackten, Blätter und Gras raschelten, Ocilka lief, atmete durch die Nase ein und durch den Mund aus, den Blick starr auf ein Ziel gerichtet, das er nicht erreichen wollte und doch erreichen musste, wie er beinahe wahnhaft überzeugt war. Das Laufen tat ihm gut, es verbrannte einiges seiner Wut, verheizte sie in Kraft, fast so wie eine Dampfmaschine Kohle in Kraft und Bewegung verwandelt. Doch wie weit müsste er laufen, um all die Wut in Kraft und spätere Erschöpfung zu verwandeln? Ocilka spürte, dass das Laufen weder ihm noch irgendwem helfen oder retten würde. Keine Chance!

Das Geäst lichtete sich, gab den Blick auf den Abendhimmel frei: Die sinkende Sonne färbte die Wolken rot und ließ die Schatten auf dem Waldboden ins grotesk Lange wachsen. Im schwindenden Licht glänzte ein Maschendrahtzaun, der sich zwischen den Bäumen und Büschen entlangzog. „Betreten verboten – Schusswaffengebrauch!" warnten in roten Buchstaben vor sich hin rostenden Schilder am Maschenwerk. Die Grenze vom Rheindahlener Wald zum NATO-Hauptquartier „JHQ" verlief direkt hier durch den Forst. Ocilka würdigte das Warnschild keines Blickes, rannte weiter neben dem hoch aufragenden Zaun entlang über den modrigen Waldweg, der seine Laufschritte abfederte und kaum hörbar machte. Jenseits des Maschenwerks zogen Betongaragen für Militär-LKW vorbei, Werkstätten und Wartungshallen, nach einigen Lauf-Minuten erkannte Ocilka gemauerte Verwaltungsgebäude, deren Parkplätze um diese Uhrzeit verwaist da lagen.

Etliche schnelle Schritte weiter blieb Ocilka stehen. Er atmete schwer nach dem kilometerlangen Lauf, sein Brustkorb hob und senkte sich. Es war nicht die Erschöpfung, die ihn innehalten ließ. Nun würde seine Mission in die nächste Phase gehen. Er drehte den Kopf, schaute sich um: Hinter ihm der einsame Pfad, der sich durch den Wald schlängelte, rechts nur schlanke, säulengleiche Kiefernstämme, deren Äste den Wald fast wie ein Kathedralendach zu überkuppeln schienen, links der Maschendrahtzaun und dahinter die orangen Lichter von Straßenlaternen des JHQ und weiße Lichter aus Fenstern von Wohnhäusern. Ocilka streifte ein Stück an dem Zaun entlang wie ein Wolf an seinem Gehege. „Join the Headquarter!", knurrte Ocilka, hockte sich hin, griff zielsicher nach einem Bündel Ästen, deren Blätter lappig herunterhingen, riss das raschelnde Astbündel fort und legte ein niedriges Loch in der Walderde frei, das vor ihm begann und jenseits des Zauns im HQ endete. Auf der anderen Seite tarnten ähnliche Äste und abgerissenes Gras das Loch. Ocilka schob die Beine in das Loch, rutschte hinunter, spürte die kühle Erde, die ihn umgab, es sah aus, als wollte er sich selbst beerdigen. Auf dem Rücken liegend reichten ein paar geübte Handgriffe, um die Kuhle mit dem Astwerk erneut zu tarnen. Das Loch und Ocilka wurden unsichtbar.

Ocilka lag in dem Erdloch wie ein riesiger Wurm, fadendünne Äste hingen aus den Seiten des Aushubs, Ocilka schob sich mit Händen und Füßen nach vorn durch die beklemmende Enge, richtete sich wieder zu seiner Hünengröße auf und durchstieß die Ästetarnung, er schien aus dem Boden zu wachsen.

Es dauerte nur Sekunden, dann lagen auch auf dieser Hälfte des Schlupflochs wieder die tarnenden Äste. Es musste schnell gehen. Die Checkpoints, über die man offiziell ins HQ gelangte, waren gut bewacht, ebenso die Bereiche unmittelbar um wichtige militärische Gebäude wie die, die er Minuten zuvor in der Dämmerung hinter sich gelassen hatte. Doch Ocilka wusste, dass auch die scheinbar unbeobachteten Teile des Geländes oft sehr scharf bewacht wurden. Er musste weg, wieder weiter. Ocilka lief erneut los, über eine verwilderte Wiese durch die fortschreitende Dämmerung –

er war nun im „HQ" – ein Schatten, der auf die Wohnsiedlung des britisch dominierten NATO-Dorfs zustrebte.

Beschauliche Vorgärten, liebevoll bepflanzt, vor den Haustüren Kinderfahrräder, warmes Licht aus den Fenstern, hinter deren Gardinen sich das abendliche Familienleben der Soldatenfamilien abspielte – die Friedlichkeit dieser Szenerie und die unüberbrückbare Diskrepanz zu der Angst, Einsamkeit und Rastlosigkeit, der immer wieder und immer höher kochenden Wut in Ocilkas Seele... all das schien auf seine Brust zu drücken, schien ihm den Atem rauben zu wollen, ließ nur noch mehr verzweifelte Wut entstehen, die sich in ihm wie Öl ins Feuer ergoss.

Ocilka rannte wieder los, diesmal so wachsam, als befände er sich im Häuserkampf in Afghanistan. Er fühlte sich, als wäre er im Krieg, sein Körper reagierte auf seine Gefühle mit Kampfbereitschaft, schüttete Adrenalin aus, putschte ihn auf, und sein eintrainiertes Können und Wissen ließen ihn agieren, als wäre er tatsächlich im Krieg. Von Deckung zu Deckung huschen, Fenster, Türen und Wege im Auge behalten und weiter! Bald sah Ocilka in einiger Entfernung den Sitz der Britischen Militärfeuerwehr – ein Betonbau mit hohen, rot gestrichenen Toren und darüber den feuerroten Schriftzug „Fire Station". Er musste in der Nähe der Queens Avenue sein. Die „Firefighters"... wen sollten sie schon retten können? Selbst ein Höllenfeuer konnte so harmlos erscheinen verglichen mit den Teufeln, die es legten, mit geistigen Brandstiftern, die in der Lage waren, solche Teufel zu erschaffen, sich hörig zu machen, sie zu nutzen. Was half die Feuerwehr, wenn alles zu spät war, wenn die Brände in einem Menschen nichts zurückließen als seelische Ruinen, die nicht einmal mehr an das erinnerten, was sie einst einmal gewesen sein mochten, die kurz vor dem Zusammenbruch standen und für jeden, der ihnen zu nah kam, gefährlich werden würden – wider Willen?

Rannte Ocilka weg, flüchtete er? Oder stürmte er nach vorn, griff er an? Es war niemand da, der das hätte sagen können, als Ocilka wieder durch das düstere Hauptquartier lief, vorbei an weiten Rasenflächen, kleinen Bauminseln, eingeschossigen Verwaltungs- und Dienstunterkünften, deren dunkle Fenster die Einsamkeit widerspiegelten, die Ocilka spürte.

In einiger Entfernung sah Ocilka das „Big House", ein gigantisches Militärverwaltungsgebäude, die „Schaltzentrale" nicht nur für das Hauptquartier. Um diese Uhrzeit waren nur noch wenige Fenster beleuchtet. Als wollten selbst sie schlafen, hingen die Flaggen der Nato-Mitgliedsstaaten schlaff an ihren Masten auf dem weiten Vorplatz des Big House. Ocilka bemerkte die Ruhe der lauen hereinbrechenden Sommernacht, fühlte die Diskrepanz zwischen dem Frieden dieser äußeren Welt und dem Unfrieden seiner inneren Welt und hasste beide Welten dafür.

Er musste weg hier! Kurze Zeit später streifte Ocilka allein wie ein ausgesetzter Hund durch den Ortskern: Ein verschlossenes Post Office, das Einkaufszentrum NAAFI abgeschlossen und menschenleer, die Schaufenster der kleinen Ladenlokale dunkel, die Bänke an der Bushaltestelle der Linie 23 verlassen. Ocilkas Einsamkeit wurde für ihn hier unübersehbar. Plötzlich ein fröhliches Lachen, Stimmengewirr nicht weit von ihm. Ocilka drückte sich in den Schatten des Eingangs eines kleinen Reisebüros. Eine Gruppe junger Briten spazierte durch die Dunkelheit, sie scherzten und lachten. Vermutlich hatte ein Wirt sie aus seinem

Pub gekehrt, weil er hier wie im britischen Königreich um 23 Uhr die Türen abschließen musste.

Das Gefühl des Alleinseins verstärkte sich in Ocilka, das fröhliche Lachen des jungen Engländers, der den zerlumpten Ocilka nicht einmal bemerkte, klang in Ocilkas Ohren schlimmer als jeder Hohn! Ocilka war fast an seinem Ziel, doch die drei jungen Männer standen ihm gerade wörtlich im Weg! Ocilka spähte noch einmal aus dem Ladeneingang: Die Drei standen einige Schritte entfernt unter einer Straßenlaterne, rauchten und redeten.

Dann eben Plan B! Ocilka stürmte lautlos in die andere Richtung über den schmalen Gehweg, an den dunklen Schaufenstern vorbei, über die Straße, direkt auf einen efeuüberwucherten Gartenzaun zu. Er beschleunigte, sprang, griff in die raschelnden Blätter, hielt sich am schwankenden Zaun fest, kletterte wie eine Katze darüber und sprang in den dahinter liegenden Garten. Ocilka blieb nicht stehen, duckte sich unter einer gespannten Wäscheleine hindurch, sprang an dem gegenüberliegenden Zaun hoch, zog sich hinauf, landete fast geräuschlos im nächsten Garten. Er nahm die

Zäune wie einen Hindernislauf bei einer militärischen Übung: laufen, springen, klettern - es putschte ihn auf, statt ihn zu erschöpfen. Die Gärten der schmalen Reihenhäuser waren fast alle gleich: Zwischen den Zäunen kleine Rasenflächen, oft eine Wäscheleine, meist ein kleines verwitterndes Gartenhäuschen, manchmal eine Satellitenantenne, die den Nachthimmel anvisierte wie eine futuristische Kanone aus einem Sciencefiction-Film.

Beim Übersteigen eines Zauns sah Ocilka, dass er gleich am Ziel war, nur noch einen Garten musste er durchqueren, dann die Straße und dann würde er vor dem Haus stehen, dessen Bewohner er „auserkoren" hatte. Er landete in einem Blumenbeet und zertrat einige Vergissmeinnicht. Ocilka schlich weiter. Ein Sandkasten wartete in der Dunkelheit auf die Rückkehr des Kindes, das hier wohnte. Es knirschte unter Ocilkas Stiefeln: Er blickte hinab. Ein paar liegengelassene Spielzeug-Soldaten waren unter seinem Stiefel zermalmt worden. Was für ein passendes Bild, dachte Ocilka, und überwand den letzten Zaun.

Den Gehweg, auf dem Ocilka mit seinem letzten Sprung landete, zierten Kreidebilder und

Hinkelkästchen, gemalt von den in dieser Straße wohnenden Kindern. „Wer hat Angst vor dem schwarzen Mann?", las Ocilka den Kreideschriftzug in krakeliger Kinderschrift auf den Betonplatten des Gehwegs. Bitterböse Ironie! Ocilka musste an das Kind denken, das diesen Spruch geschrieben hatte, das nun sicher friedlich in seinem Bett schlummerte und selbst in seinen schlimmsten Alpträumen nicht das miterleben würde, was Ocilka plante. Ocilka hielt inne, blickte erneut zu den Worten unter seinen Stiefeln. Eine so scheinbar achtlos geschmierte Zeile besaß die Kraft, um ihn über einen Menschen nachdenken zu lassen, dem er nie begegnet war? Eine grandiose Vorstellung, die es schaffte, eine Sekunde lang ein Lächeln auf Ocilkas breites Gesicht zu zaubern, eine Sekunde lang seine Wut, die Gefühle des Verlassen- und Verdammtseins zu vergessen! Dann kehrte sein Zorn zurück wie Unwetterwolken, die sich vor die Sonne schieben, seine Gesichtszüge verhärteten sich wieder, harte Falten in seinem Gesicht zeichneten sich als Schatten ab im Licht des Mondes, der puddinggelb über der schlafenden Siedlung stand. Seine Mission! Er überquerte die Straße, den Rasenstreifen, den Straße und Gehweg trennten, strebte einem bestimmten Wohnhaus zu.

Die Hauser hier waren so wie uniformierte Soldaten in Reih und Glied: ein baugleiches Häuschen neben dem nächsten... Es war Ocilka egal, wer hier wohnte, doch er wusste, wie er in das Haus einsteigen konnte. Er streifte Lederhandschuhe über, riss den Gitterrost vom Schacht über den Kellerfenstern und sprang hinunter. Ohne eine Sekunde des zögernden Überlegens trat er gegen das Kellerfenster. Glas zerbrach klirrend, der Metallrahmen verbog sich, nach ein paar weiteren Tritten hing er so verformt in seinem Rahmen, dass sich Ocilka durch das Fenster in den Keller winden konnte.

Kurz danach stand er im Wohnzimmer des Hauses. Im Licht des Mondes, das durch die Fenster schien, starrten Ocilka afrikanische Totenmasken aus den Regalen zornig an. Totenmasken – sie sollen Zeugen werden, dachte sich Ocilka. Doch erst dann, wenn die Zeit gekommen war. Er schlich die teppichbelegten Treppenstufen hinauf, schob eine Tür auf und drang in das menschenleere Schlafzimmer ein. Hier würde er warten – wie ein Krokodil, das in einem Wasserloch auf ein Gnu lauert, das irgendwann kommen wird. Ocilka trat an das Fenster und blickte hinaus: Von hier aus

konnte er über die meisten Baumkronen hin-
wegsehen, die ganze Wohnsiedlung war dunkel und friedlich, der puddinggelbe Mond hatte etwas Märchenhaftes, die Szenerie wollte
nicht zu Ocilkas Gefühlsstürmen passen, die in
ihm tobten, alles durcheinander wirbelten
und verwüsteten. Das Warten-Müssen marter-
te ihn, schien ihn noch weiter in den Wahn-
sinn zu treiben wie ein Angeklagter, der bis
zur Urteilsverkündung zum Nichtstun verdammt ist, allein gelassen ist mit seinen Gedanken und Gefühlen. Immer wieder schli-
chen sich Zweifel in seine Gedanken, die sein
Zorn jedoch sofort zermalmte. Er konnte sich
nicht ablenken, Ängste spukten durch sein
Hirn: mal die Angst, ob seine Pläne funktionie-
ren würden, dann die Angst, ob seine Pläne
gerecht und gerechtfertigt wären... Ein hölli-
scher Gedankenspuk in seinem Kopf.

Die Nacht im Joint-Headquarter blieb ruhig
und ereignislos: Einmal trippelte im orangen
Licht einer Straßenlaterne unweit des Hauses
eine Katze über die Straße, irgendwann ließen
sich für eine Zeit Raben auf der Laterne und
auf einem nahestehenden Straßenschild nieder wie zu einer verschwörerischen Sitzung.
Nur ein einziges Mal brauste ein Kleinwagen

mit britischem Kennzeichen die Straße entlang. Der gelbe Vollmond wanderte langsam über das Firmament, irgendwann begannen die Vögel zu zwitschern, und über den Baumkronen und Häuserfirsten des „HQ" malte sich das rote Licht der aufgehenden Sonne ab. Ocilka starrte ungerührt und unbewegt aus dem Fenster, doch er spürte, dass es bald soweit sein würde. Er griff in eine der aufgenähten Taschen seiner Soldatenhose und zog einen kantigen Stein, groß wie eine Faust, heraus, drehte den Stein in den Händen, als er ein Husten hörte, das von draußen zu ihm klang. Er sah auf: Ein Mann mit Tarnfleckenuniform und neongelb-reflektierender Weste, wie sie Soldaten beim Wachdienst an den Checkpoints tragen, trottete müde die Straße entlang. Ocilkas Herzfrequenz stieg. Es ging los. Als er durch den Flur auf die Treppe zuschlich, hörte er bereits, wie sich der Schlüssel im Schloss drehte und die Tür aufgestoßen wurde, Schritte klangen aus der Diele zu ihm herauf. Ocilka schlich wie ein Raubtier die Treppe hinunter. Der Mann, in dessen Haus er eingebrochen war, stand nur einige Meter entfernt in seinem Wohnzimmer, er hatte Ocilka den Rücken zugewandt und beobachtete den Sonnenaufgang vor dem Fenster. In jenem Moment, in dem der andere Soldat sich umdrehte, glaubte Ocilka zu spüren, wie sein eigener Körper kampfbereit wurde. Jede physiologische Änderung schien er bewusst mitzuerleben: Sein Herz pochte schneller, sein Blut verdickte sich in seinen Gefäßen, seine Pupillen weiteten sich, sein Atem kam flacher und schneller.

In dem Moment, in dem der Andere ihn mit seiner zerlumpten Kleidung und einer zorn-verzerrten Grimasse erblickte, ließ der Schre-cken seine Gesichtszüge nur für eine Sekunde entgleisen. Schnell kehrte die Ruhe der kampf-bereiten Konzentration in sein Gesicht zurück, jede Müdigkeit war verschwunden.

„Bist du wirklich bereit, für deine Mission alles zu geben?", grollte Ocilka, „Wenn es sein muss", entgegnete der Soldat lakonisch. „Und wenn du dein Leben geben musst, nur um eine Botschaft zu überbringen?", fuhr Ocilka fort. „Dann ist dem so", antwortete der Soldat ohne zu zögern und ohne das Zittern von Angst in der Stimme. „Was ist, wenn dein Tod selbst die Botschaft ist?", presste Ocilka hervor. Wut, deren plötzli-ches Aufkommen er sich selbst nicht erklären konnte, ließ ihn erbeben. Dann passierte etwas, das Ocilka mehr aus der Bahn warf als jeder Angriff. Der Soldat setzte sich seufzend in einen

Sessel vor einem der Bücherregale, schlug ein Bein über und atmete tief durch, bevor er sagte: „Mein Gott, was muss mit dir passiert sein? Was hast du hinter dir, dass du hier bei mir einbrichst und mir solche Fragen stellst?" Ocilka verspürte Unsicherheit, sah sich hektisch nach links und rechts um, als fürchtete er, dass er von dort attackiert werden könnte, doch es war dieses Fehlen von Gegendruck, den dieser Mann seinem Druck verwehrte, der Ocilka verunsicherte und Angst bereitete. Der Soldat bot ihm mit einer Geste einen Platz an. „Ich bin sicher nicht der richtige Ansprechpartner, aber das soll nicht das Problem sein. Es gibt Möglichkeiten, dich zu heilen." Das Wort „heilen" traf Ocilka wie eine Faust in den Magen. „,Heilen' ist nur möglich, wenn ein Organismus ,krank' ist!" donnerte er. „Du willst mich wohl für verrückt erklären, alles, was ich sage, in das Reich des Irrsinnigen, Blödsinnigen abtun!", brach es aus Ocilka hervor. Die Augenbrauen des Soldaten, der da vor ihm im Sessel saß, hoben sich fassungslos, er öffnete den Mund um etwas zu sagen, doch Ocilka steigerte sich immer tiefer in seine Wut: „Du glaubst, so was kann man mit ein paar Pillen wegschlucken, du glaubst, so was kann man in einer Klapsmühle wegsperren!"

Ocilkas Hände verkrampften sich zur Faust, so fest, dass, er den Steinbrocken in seine Handflächen schneiden fühlte.

Wie es war, als die Wut in ihm explodierte, wusste er später nicht mehr. Irgendwann war der Steinbrocken in Ocilkas Hand blutverschmiert, und der Soldat lag tot vor ihm auf dem Teppich, das Gesicht kaum noch zu erkennen. Die afrikanischen Totenmasken starrten mit ihren Schlitzaugen aus den Regalen zu den beiden hinunter, als ob sie Ocilka beim Töten zugesehen hätten.

Ocilka schaute sich hektisch um, fühlte sich, als wäre er aus einem Rausch erwacht, sein Körper schmerzte vor Anspannung. Er blickte auf den Getöteten hinab. Dessen Tod sollte einen Sinn haben! Der Leichnam ist eine Botschaft – grausam, aber notwendig, denn es gibt Dinge, die nicht harmlos gesagt werden können und dürfen! Jede Botschaft muss verstanden werden. Diese würde niemand verstehen. Noch nicht! Doch sie würde verstanden werden – das war Ocilkas Mission, wie er überzeugt war. Das war er diesem Mann vor sich und vielen anderen schuldig!

Ocilka legte den Stein auf den Wohnzimmertisch. Es sollte nicht den Anschein erwecken, dass er ihn hier versehentlich zurückgelassen hatte! Doch noch etwas war zu tun: er griff in eine seiner Taschen und zog ein Stück Kohle heraus, nicht größer als ein Daumen.

Ocilka trat neben eines der Bücherregale an die Wand, wie ein Künstler an die Staffelei. „Wer hat Angst vor dem schwarzen Mann?" Er erinnerte sich daran, wie er vor nur wenigen Stunden an das Kind hatte denken müssen, das er nie gesehen hatte und dessen hinterlassener Schriftzug auf dem Gehweg seine Gedanken entfacht hatte. Was sollte er hier hinterlassen, was könnte er hier schreiben? Er schrieb den Namen an die Wand, der ihm als Erstes einfiel. Bei dem Gedanken an den Menschen und was mit ihm passiert war, brach erneute, blinde Wut in Ocilka aus. „Taggert", schrieb Ocilka mit der rußschwarzen Kohle an die weiße Wand.

Verwirrt ging er einige Schritte durch das Wohnzimmer, an der Leiche vorbei, zum Fenster. Er blickte hinaus: Ein Sommermorgen erwachte. Wie viel Zeit ist vergangen? Nicht viel, denn die Sonne lugte noch tief aus den rosaroten Wattewolken. Er musste weg hier, nur weit weg!

Er eilte zur Tür, zog sie auf: Die Gehwege lagen noch menschenleer da, noch niemand, der im morgendlichen Sonnenschein das Haus zur Arbeit verließ, niemand, der seinen Hund zum Gassi ausführte , aber das würde sich schon bald ändern.

Ocilka rannte los – mal wieder, er rannte an den Familienhäusern vorbei. Zerlumpt, blutverschmiert wirkte er wie ein Dämon, der es verpasst hatte, mit der Nacht zu verschwinden. Er bog neben einem verwilderten Garten in eine der zahlreichen Grüninseln ein, die sich zwischen den Siedlungen ausdehnten. Von hier aus konnte er sich unsichtbar bis an den Begrenzungszaun des „Joint Headquarter" durchschlagen und erneut im Wald verschwinden. Einen Moment blieb er stehen. Nichts hatte sich durch das Töten in seinem seelischen Martyrium geändert, nichts! Doch nun würde man ihn schon bald jagen. Etwas hatte sich in dieser Nacht verändert. Die Gefahr lag in der Luft.

„Zur Marlborough Road, bitte." – Ein Gedankenexperiment

Wagen wir doch noch ein Gedankenexperiment und versetzen uns für einen Moment... sagen wir in einen kürzlich nach Mönchengladbach gezogenen Studenten, der hier gerade seinen Nebenjob bei einer Pizzeria angetreten hat. Ein Abend kann für ihn zu einer skurrilen Abenteuerfahrt werden.

„Guten Abend, ich möchte zwei Pizza Margherita bestellen."

„Okay, wo sollen wir die hinliefern?"

„Zur Marlborough Road, bitte."

Marlborough Road? Hat er das richtig verstanden?
„Entschuldigen Sie bitte, könnten Sie den Straßennamen nochmal wiederholen?"

„Klar! – Marlborough Road!"

Wollte ihn da ein Kettenraucher veräppeln? Oder gab es diese Straße tatsächlich? Die Stimme am Telefon deutet die fragende Pause wohl richtig und erklärt schon: „Das ist direkt am Oxford Walk! Wenn Sie über die Queens

Avenue reinkommen und auf den Oakham Way fahren, ist es nicht mehr weit!"

„Äääh… und wo muss ich reinfahren, um auf die Queens Avenue zu kommen…?"

Auf dem Weg ins „Hauptquartier" könnte sich der Pizzabote schon einmal einstimmen und im Autoradio BFBS hören.
BFBS - der British Forces Broadcasting Service – sendet per Satellit im Auftrag des Ministry of Defence für die britischen Truppen von der Zentrale in Buckinghamshire, nahe London. Mehrere lokale Studios an den Orten, an denen die britische Armee stationiert ist, liefern Programmbeiträge zu, wie sie unser Pizzabote auf dem Weg ins JHQ hören könnte. Mit ihm hören ca. 130.000 Armeeangehörige und deren Familien BFBS, die meisten in Deutschland, aber sogar in Afghanistan und im Irak. Wenn sich unser Pizzabote für den britischen und amerikanischen Musikmarkt interessiert, dann werden ihm die Poptitel bekannt vorkommen, denn BFBS orientiert bei seiner Titelauswahl eben an diesen Musikmärkten.

Einmal hier im JHQ angekommen, könnte er wenigstens aufatmen, denn – die vorherrschende englische Kultur hin oder her – auch im JHQ gilt Rechtsverkehr. Wenn unser Pizzabote in die Marlborough Road einbiegt, würde er vielleicht etwas irritiert bemerken, dass es auf dieser Straße eine „HQ-eigene" Pizzeria gibt, die in einem flachen Bau beheimatet ist und sogar einen kleinen Außengastronomiebereich zu bieten hat. Warum man sich eine Pizza bestellt und keine Lust hat, sich hier an einen der Tische niederzulassen, versteht unser Pizzabote vermutlich nicht ganz, denn die Lage ist, trotz der unmittelbaren Nähe zur Straße, ruhig und vor der Kulisse des nicht weit entfernten Waldes durchaus stimmungsvoll. Beim Einparken würde dem Pizzaboten sicher auffallen, dass „GB"-Aufkleber an den PKW kleben und die Lenkräder dieser Autos hier auch rechts montiert sind.

Die Verkehrsschilder, nach denen er sich im JHQ gerichtet hat, sind alle deutsch. „Einbahnstraße" steht im weißen Pfeil des entsprechenden Straßenschildes, wie in jedem anderen Teil der Bundesrepublik auch. Nur die Beschilderungen der Straßennamen sind wieder englisch oder zum Teil auch zweisprachig. Ein Schildermast, zwei Sprachen: Unter dem vertrauten „Anlieger frei"-Schild ein weiteres Schild mit dem Schriftzug „PARKING FOR RESIDENTS

ONLY" und darunter noch einmal die deutsche Fassung „Anlieger parken frei".

Vielleicht liefert er die Pizzen an Mitglieder des „Deutsch-Britischen Klubs", einem Verein, der die Förderung der freundschaftlichen Beziehungen zum Ziel hat. Ein solcher Klub wurde bereits kurz nach der Eröffnung des JHQ im Jahr 1954 gegründet.

Mitglieder eines solchen Klubs – aber natürlich auch viele Mönchengladbacher – könnten dem Neuankömmling einiges erzählen. Mit dem JHQ sind viele regelmäßige Veranstaltungen verknüpft: Das NATO-Musikfest, das ein regelmäßiges Highlight in Mönchengladbach ist und die besten Militärkapellen der Mitgliedsländer vor einer riesigen Menschenkulisse vereinigt. Oder auch der Internationale Mönchengladbacher Militärwettkampf, der sehr viel weniger martialisch gestaltet ist, als es der Titel vielleicht im ersten Moment glauben lässt.

Bestimmt ließen es sich die Mitglieder eines solchen Klubs auch nicht nehmen, unserem Pizzaboten zwischen Tür und Angel zu erzählen, welche hochrangigen Persönlichkeiten das Hauptquartier in der Vergangenheit dienstlich besucht haben und dabei – zu Freuden der Mönchengladbacher – auch der übrigen Stadt oftmals einen offiziellen Besuch abstatteten. In einer Fotogalerie solcher Besuche wären Prinz Philip, Prinz Charles, Prinzessin Anne und König Baudouin I zu sehen. Aber auch Bundespräsident Richard von Weizsäcker und verschiedene Verteidigungsminister und Oberbefehlshaber.

Auch unser Pizzabote hat irgendwann einmal Feierabend. Wie wäre es also mit einem Bier in der Mönchengladbacher Altstadtmeile auf der Waldhausener Straße? Doch auch da würde er sicher immer mal wieder einem Briten aus dem JHQ begegnen. Selbst wenn das „kleine England" acht Kilometer westlich vom Stadtkern alle möglichen Geschäfte, Cafés und Pubs vor Ort hat, kommen Bewohner des JHQ oft in die Mönchengladbacher Innenstadt. Die im Schnitt etwa 6.000 Bewohner und 1.000 Zivilbeschäftigten des JHQ Rheindahlen haben längst auch eine Bedeutung für die Mönchengladbacher Wirtschaft gewonnen. Ein paar Kneipen werden sogar von Briten betrieben. Möglicherweise wäre es eine solche Kneipe, in der sich unser Pizzabote ein Konzert eines der deutsch-britischen Bandprojekte, wie es sie in der Stadt gibt, anhört. Bei einem ausverkauften Konzert wäre es dann wohl unausweichlich, dass sich Deutsche und Briten nah sind.

Funken, Feuer, Pulverfass

Die Angst breitete sich aus, die Feierlaune erlosch. Auf der Autofahrt zum Sitz der britischen Militärpolizei begegnete Lowell Cabera, ein deutscher Kriminalpolizist mit ghanaischen Wurzeln, immer wieder kleinen und größeren Menschengruppen, die durch das spät abendliche „Joint Headquarter" zogen, die meisten wohl auf dem Weg nach Hause. Immer mehr Gesichter in den Menschentrauben wirkten ernst, unsicher, ängstlich.

Kaum vorstellbar, dass diese Menschen noch vor weniger als einer Stunde gemeinsam auf einer matschigen Wiese in Sichtweite der St. Thomas More Church und der St. Boniface Church das britische Volksfest *„Guy Fawkes"* gefeiert hatten: Umgeben von Buden, bei denen es Süßigkeiten und Getränke zu kaufen gab, hatte der Menschenpulk auf das Ereignis des Abends gewartet, Musik gehört, die aus Lautsprechern gedröhnt war, und einer kleinen Militärparade beigewohnt, deren Marschierer stilecht in Schottenröcken und mit Dudelsäcken das Volksfest zelebriert hatten. Keiner hätte ahnen können, wie sich die Ereignisse an diesem Abend des 5. November noch überschlagen würden, als die rund 1.000 Besucher, darunter viele Kinder, den Countdown herunterzählten: „T*en, nine, eight*...“ und welche erschreckende Tat das Feuer vom Guy Fawkes-Scheiterhaufen ans Licht bringen würde. Und dennoch spielte sich das bizarre Ereignis dieser Guy Fawkes-Nacht in Sichtweite vor den Absperrbändern ab, während die Böllerschüsse vom Wald, der das JHQ umgab, zurückhallten und so klangen wie ein Krieg, den der Stützpunkt nie hatte erleben müssen, und gleichzeitig die Feuerwerksraketen Galaxien von winzigen, schnell verglühenden Sternen in den schwarzen Nachthimmel schossen und strahlende Sterntaler aus Feuer weit über den Köpfen der staunenden Menschenmasse regnen ließen.

Gleich würde Lowell Cabera mehr erfahren. Er war an seinem Ziel, parkte seinen privaten PKW neben einem Streifenwagen der britischen Militärpolizei, ein weißer Einsatzwagen mit Blaulichtern auf dem Dach, über die Fahrzeugflanke zog sich ein gelb-blauer Schachbrettmuster-Streifen. Wenige Schritte entfernt, im Eingang des Sitzes der britischen „Military Police“, wartete ein bulliger Militärpolizist in brauner Uniform mit rotem Barett, rauchte und stand da wie ein Türsteher.

„Was hier passiert ist, scheint Sie wirklich sehr mitzunehmen, Officer Roberts", begrüßte Cabera den Militärpolizisten. Der sog an seiner Zigarette, hauchte wie ein Drache eine Rauchwolke in die Nachtluft, bevor er mit ungerührter Miene, und ohne Cabera anzusehen, fragte: „Wie kommen Sie darauf?" Cabera wies mit einer Hand auf die Zigarette. „Sie haben früher immer dann geraucht, wenn Sie heftigen Stress hatten. Und Sie hatten damit aufgehört. Eigentlich." Roberts verzog sein breites Gesicht zu einem Grinsen. „Genau deswegen will ich Sie gleich dabei haben!", rief er und lachte laut auf. Cabera spürte, dass dieses dröhnende Lachen vollkommen frei von Humor und Freude war. „Was ist vorgefallen, dass Sie sich den Papierkrieg antun und mich als deutschen Ermittler zu einem Fall der britischen Militärpolizei ins Nato-Hauptquartier holen? Außerdem sitzt in der Tromp Road 3 das deutsche Polizeipräsidium, Bezirksdienst JHQ – was soll also ausgerechnet ich hier?", fragte Cabera ruhig. Roberts zog intensiv an seiner Zigarette, blickte Cabera angespannt an, schien nachzudenken, was er wie erklären konnte, dann: „Ich weiß es nicht genau. Das, was in den letzten 60 bis 70 Minuten passiert ist... also so was habe ich noch nicht erlebt. Weder hier noch in London, Wales oder wo ich sonst schon für die Militärpolizei stationiert war." Officer Roberts zog erneut intensiv an seiner Zigarette und blickte Cabera nun fest in die Augen. „Sie werden gleich einen Mann kennenlernen, den ich festgenommen habe. Ich glaube nicht einmal, dass er verrückt ist. Nein, dieser *Fall* ist völlig irre! Ich brauche hier jemanden, der sich zutiefst in eine Psyche versenken kann und den Kerl zum Sprechen bewegt. Sie können das wie kein anderer."

Cabera nickte, ließ dem Militärpolizisten einen Moment Zeit, dann fragte er: „Und was ist hier Irres heute Abend passiert?"

Roberts Zigarette war inzwischen nur noch ein glimmender Stummel, doch er zog daran wie ein Drogensüchtiger. „Waren Sie schon mal bei dem Guy Fawkes Fest dabei?" Cabera schüttelte den Kopf. „Das nicht, aber das Feuerwerk höre ich trotzdem jedes Jahr, obwohl ich nicht sehr nah am HQ wohne." Roberts musste unverhofft lachen, verschluckte sich dabei und begann zu husten. „Nun ja, das Feuerwerk, das Sie da hören, entzündet zugleich den Scheiterhaufen, auf dem traditionell eine Guy Fawkes Puppe verbrannt wird. Sieben Strohpuppen werden auf dem Scheiterhaufen postiert. Diese Puppen werden von Kindern gebastelt, prämiert und eben schließlich in diesem riesigen Spektakel verbrannt. Den Scheiterhaufen müssen Sie sich anders als ein niederrheinisches Sankt-Martinsfeuer vorstellen. Unser Scheiterhaufen ist so hoch wie ein einstöckiges Haus, errichtet aus hoch aufgestapelten Holzpaletten. Nun ja, und dieses Jahr ist auf diesem Scheiterhaufen auch eine echte Leiche mitverbrannt." Roberts wollte an seinem Zigarettenstummel ziehen, merkte aber selbst, dass dies keine gute Idee mehr war und warf die Kippe auf den Asphalt, auf dem Cabera bereits etliche andere Zigarettenstummel bemerkt hatte.

„Sie haben schon einen Verdächtigen", stieß Cabera Officer Roberts' Bericht erneut an. „Ja. Geschnappt haben wir ihn, als er sich verziehen wollte - ...nachdem er eine Leiche auf den Scheiterhaufen geschafft hatte. Aber das wussten wir in dem Moment noch nicht. Er ist hinter der Sicherheitsabsperrung aufgegriffen worden und hat wirres Zeug geredet, bis uns klar war, dass da etwas nicht stimmen konnte. Aber da brannte die Leiche schon. Es ist nicht viel übrig geblieben, was wir dem Gerichtsmediziner auf den Seziertisch bringen können."

Roberts hielt einen Moment inne, saugte die kalte Novemberluft ein und fuhr nachdenklich-gedankenverloren fort: „Ehrlich gesagt, würde ich wirklich gerne wissen, wie der Kerl es bei den Sicherheitsvorkehrungen geschafft hat, die Leiche auf den Scheiterhaufen zu bekommen. Und vor allem natürlich, *warum* er sie ausge-rechnet da ‚entsorgen' wollte. Aber wir beide wissen ja, dass die Antwort auf die Frage nach dem Was-davor-passiert-ist natürlich erst einmal Vorrang hat." Cabera nickte. „Wollen Sie mich zu dem Mann bringen?", fragte er. Roberts klopfte seine Uniformtaschen nach einer Zigarettenpackung ab, fand jedoch nichts und nickte dann nur. „Ach ja", Roberts klang so, als fiele ihm das Detail jetzt erst ein, „mein Verdächtiger beharrt darauf, dass er die Person überhaupt nicht töten wollte."

Als Cabera das karge Militärpolizeibüro be-trat, taxierten ihn die Augen eines Mannes, dessen Wangen und Stirn von Ruß schwarz verschmiert waren. Die Blicke, die Cabera tra-fen, wirkten prüfend und leicht überheblich, der Mann musterte den bulligen Farbigen von Kopf bis Fuß.

„Guten Abend, mein Name ist Cabera und ich bin Polizist der deutschen Kriminalpolizei. Officer Roberts, den Sie ja schon kennen, hat mich hinzugezogen", begann Cabera und ließ sich, ohne eine Spur von Hektik aufkommen zu lassen, auf einen harten Holzstuhl vor dem Mann nieder. Der Mann musterte ihn weiter, schwieg. „Möchten Sie sich mir nicht vorstellen?", fragte Cabera ruhig. Sein Gegenüber zögerte einen Moment, dann sagte er: „Mein Name ist Goldwaagner, Wolfhelm Goldwaagner und das, was diese Nacht geschehen ist, war nie meine Intention." Cabera nickte verständnisvoll. „Okay, Herr Goldwaagner, das werde ich Ihnen glauben. Möchten Sie mir erzählen, was denn Ihre Intention war?"

„Jedenfalls nicht das, was passiert ist!", entgegnete Goldwaagner aufbrausend. Cabera spürte, dass er so nicht weiter kommen würde. Zudem wirkte dieser Mann auf Cabera durchaus intelligent. Aber eine Leiche bei einem Volksfest, in einem NATO-Stadtteil auf einem Scheiterhaufen zu verbrennen, war alles andere als intelligent. Somit erschienen Cabera die Ereignisse vielmehr wie eine kopflose Spontanaktion, nicht wie planvolles Handeln. Irgendetwas schien in dieser Guy Fawkes-Nacht dramatisch schiefgelaufen zu sein. Vermutlich hatte Gold-waagner den Menschen sogar wirklich nicht töten wollen und war völlig überfordert gewe-sen, als er plötzlich – aus welchem Grund auch immer – vor einer Leiche gestanden hatte.

Cabera musste den Mann zum Erzählen brin-gen, mit einer harmlosen Frage beginnen, um dann einen Gesprächsweg hin zu den grotesken Ereignissen dieser Nacht zu bahnen. „Was ma-chen Sie eigentlich in Ihrem ganz normalen Le-ben, Herr Goldwaagner?", fragte Cabera im Plauderton. Goldwaagner zog die Stirn kraus, schien über die Frage überrascht zu sein. „Ich bin Lehrer. Ich unterrichte Englisch, Geschichte und Pädagogik." Cabera saß da, die Hände ge-faltet im Schoß ruhend, wartete ob Goldwaag-ner noch fortfuhr, aber der schwieg und starr-te nur auf seinen deutschen Personalausweis, der auf dem Schreibtisch neben ihm und Cabera lag.

Roberts kritzelte auf einem Zettel herum und schob ihn Cabera hinüber. Cabera setzte eine klobige Hornbrille auf und las stumm: *„Das wissen wir schon. Und: Goldwaagner ist vom Dienst suspendiert, da er mehrere Schüler be-schimpft und beleidigt hat. Er wurde aber nie* *handgreiflich! Er sagt uns einfach nicht mehr! Bring ihn zum Sprechen!"* Cabera nickte.

Goldwaagner starrte immer noch auf seinen Personalausweis und schwieg. Cabera ließ ihm die Zeit, betrachtete ebenfalls den Personalausweis: perfekte Linienführung bei der Unterschrift. Auf dem Foto: Goldwaagner mit einer akkurat sitzenden bordeauxroten Seidenkrawatte, die farblich perfekt zum marineblauen Hemd passte. Mehr und mehr bestätigte sich Caberas Einschätzung von Goldwaagners Persönlichkeit, doch der Polizist war sich noch nicht sicher. Er beschloss, seine Theorie mit einem Experiment zu überprüfen.

„Da frage ich mich doch, warum so ein gebildeter, sympathischer Mensch plötzlich in die Situation kommt, eine Leiche verbrennen zu müssen", begann Cabera. „Der Abend hätte doch so schön sein können: Guy Fawkes Day, die Kinder klingeln an den Häusern und sagen ,Lecker oder Streiche...'

Weiter kam Cabera nicht. Goldwaagner erwachte aus seiner Starre wie jemand, der aus dem Schlaf aufschreckte. Doch es war fassungslose Wut, die aus seiner Stimme sprach, als er sich echauffierte: „Sie vermischen da Dinge, die *nichts* miteinander zu tun haben! Kinder, die klingeln und Süßigkeiten fordern und mit Streichen drohen, finden Sie beim Halloween-Fest! Nicht aber beim Guy-Fawkes-Fest!" Goldwaagners Wutausbruch folgte eine von Leidenschaft und Verärgerung befeuerte, oberschulmeisterhafte Belehrung, bei der Roberts, der die Szenerie abseits an einer Wand lehnend beobachtete, die Kinnlade fassungslos herunterklappte. „Beides hat nichts miteinander zu tun!", tobte Goldwaagner. „Halloween hat sich aus der Samhain-Nacht entwickelt, einem keltischen Brauch. Halloween ist der Volksbrauch, der sich am Abend und in der Nacht vor dem Hochfest Allerheiligen, also am 31. Oktober, abspielt. Ursprünglich war der Brauch im katholisch geprägten Irland verbreitet. Es waren irische Auswanderer, die ihre Tradition mit in die USA trugen, dort pflegten und ausbauten. Ganz anders das Guy Fawkes-Fest, das im Gedenken an das Scheitern des Gunpowder Plot alljährlich begangen wird. Hintergrund dieser Tradition war das geplante Attentat auf König Jakob I., das der katholische Offizier des Königreichs – besagter *Guy Fawkes* – begehen wollte. Und zwar am 5. November 1605!" Roberts stand die Fassungslosigkeit über den blasierten Wortschwall des Festgenommenen immer noch im Gesicht geschrieben, während Cabera seine Vermutung mit jedem wütenden Wort mehr bestätigt sah. Eine kleine „Dummheit" hatte als Funken genügt, das Sprengstofffass zum Explodieren zu bringen. In Goldwaagners Stimme schwang dabei neben dem Drang zum Dozieren beinahe ein Schmerz darüber mit, dass Cabera ihm eine so große Dummheit entgegengeschleudert hatte. Die Wut, das spürte Cabera, entstand in dem Mann vor ihm aus dem Nichtertragen-Können dieser Torheit. Die erste Wut schien verraucht, doch Cabera bemerkte, wie sich der Brustkorb des Mannes vom Atmen noch immer schnell hob und senkte. Er ließ Goldwaagner einen Moment des Innehaltens und wartete ab.

„Wollen Sie mir nicht sagen, wer der Mann war, den Sie eigentlich nicht töten wollten?", fragte Cabera dann in die Stille, die nach Goldwaagners lauter Schimpftirade beinahe etwas Unheimliches an sich hatte. „Ich weiß es nicht!", entgegnete Goldwaagner mit fester und gleichzeitig nachdenklicher Stimme. Cabrera spürte, dass der die Wahrheit sagte. Roberts löste sich aus seiner Starre, hob eine Hand und wollte sich in die Vernehmung einmischen, aber Cabera schüttelte kaum sichtbar den Kopf. Sie mussten nur ein paar Sekunden warten, dann würde Goldwaagner ganz von selbst weitersprechen. Jede Einmischung in dieser sensiblen Phase würde dazu führen, dass er dicht machte oder sich erneut in Wortschwallen verging, die keine Antworten auf die Fragen geben würden, nach denen sie suchten. „Der Kerl war der Schlimmste von allen!", begann Goldwaagner auch schon. Er blickte auf den Laminatboden des Büros und schüttelte gedankenverloren den Kopf. „Das, was mir in die Falle getappt ist, war ein Party-Löwe. Ein Party-Löwe, den es zu erlegen galt! Der Kerl trug eine Scary Movie-Maske. Das sagte mir schon alles über ihn. ‚Scary Movie', besonders der erste Teil der Kinofim-Reihe, ist die slapsticklastige, fäkalhumorverschmutzte Parodie der ‚Scream'-Filme, die ihrerseits zwar als Satiren gedacht sein sollen, aber letztlich auch nur als billige Teenie-Horrorfilmchen daherkommen. Die zum dämlichen Kiffergrinsen verzogene Maske der Scary Movie-Filme ist eine Anspielung auf die Maske aus ‚Scream'. Die wiederum sei in Anlehnung an Edvard Munchs Bild ‚Der Schrei' gestaltet. Das Bild von Munch... Hochkultur so tief verachtet... Dass der Kerl keinen der Bezüge zu

Edvard Munchs expressionistischem Gemälde auch nur je erahnen könnte, war aus 10 Metern Entfernung spürbar." Goldwaagner blickte weiter zu Boden und schüttelte traurig den Kopf.

„Und was haben Sie getan, nachdem Sie das gespürt haben?", stieß Cabera das Gespräch sanft wieder an. Goldwaagner sah ihn mit plötzlich verhärtetem Blick und zusammengekniffenen Augen an: „Ich habe ihn mir geschnappt! Es war so einfach, denn er war so berechenbar wie eine Ratte, die man mit Futter aus ihrem Loch lockt. Ich habe ihm ganz einfach ein Bier ausgegeben. Das hat der Idiot natürlich sofort genommen. Aber vorher habe ich ihm da KO-Tropfen reingeträufelt."

Roberts, völlig überrascht von dem, was Cabera in wenigen Minuten ohne ein lautes Wort und ohne jede Drohung aus dem Mann herausgeholt hatte, ließ sich lautlos auf einen Bürostuhl nieder. Er hatte das Gefühl, dass jedes Geräusch und jedes Wort diese fragile Redseligkeit Goldwaagners jäh beenden würde. Doch Goldwaagner sprach unbeirrt weiter, schien geradezu zu vergessen, dass er vor zwei Polizisten saß.

„Als sich der Typ etwas abseits in einem Busch übergab, habe ich ihn geschnappt. Seine Freunde werden wahrscheinlich erst eine halbe Stunde später bemerkt haben, dass er ihnen fehlte – oder besser, dass er weg war!" Goldwaagner lachte spöttisch. „Und wo haben Sie ihn dann hingebracht?", fragte Cabera sanft. Goldwaagner strich sich mit einer rußgeschwärzten Hand durch den wirren Schopf. „Ins Auto gepackt", antwortete er. „Und dann in einen abgelegenen Teil des JHQ verfrachtet. Seit der Abzug des JHQ begonnen hat, wird der Stützpunkt mehr und mehr zum Geisterdorf. Ich habe ihn in einen verlassenen Teil einer Häusersiedlung gebracht. Da habe ich ihn wie einen zusammengerollten Teppich aus dem Auto geschleppt und im Schutz der Dunkelheit in eines der leerstehenden Wohnhäuser gezogen..."

Während Goldwaagner die Geschehnisse mit monotoner Stimme berichtete, ging sein Blick leer durch Cabera hindurch. Der Polizist fühlte sich weiter in ihn ein. Es kam ihm beinahe so vor, als könne er die Ereignisse miterleben, die Bilder, die sich hinter Goldwaagners Stirn abspulten, selbst sehen:

Goldwaagner blickt sich vorsichtig in dem verlassenen Haus um. An den Wänden erinnert noch die verblichene Kindertapete mit den Clownsmotiven an die vergangenen Zeiten, als hier in diesem Haus noch britische Soldatenfamilien gelebt hatten und die sich nie hätten vorstellen können, wozu ihr einst trautes Heim einmal genutzt werden würde.

Goldwaagner hievt den bewusstlosen Kerl wie einen Sack auf eine olivgrüne Munitionskiste, die nur einige Handbreit vor der Clownstapetenwand steht. Mit ein paar geübten Handgriffen knotet Goldwaagner mit zwei Seilen die Hände des Bewusstlosen hinter dessen Rücken an dem alten Heizkörper fest. Fast fertig! Goldwaagner rückt ein vergilbtes Babyfon in klobigem 70er-Jahre-Design vor dem Kerl zurecht, legt den Kippschalter um und ein rotes Lämpchen leuchtet auf, der Lautsprecher brummt leise. Dann tritt Goldwaagner ein paar Schritte zurück und kontrolliert die Ausrichtung einer modernen Webcam, die den Gefangenen von einer weiteren Munitionskiste aus anvisiert. Alles bestens, gleich kann der Spaß beginnen. Goldwaagner folgt einem Kabel, das sich von der Munitionskiste, auf der der Kerl sitzt, über den verstaubten Teppichboden bis in ein anderes Zimmer am Ende des Korridors zieht. Eine grüne Blümchentapete und ein Bettgestell ohne Matratze erinnern noch daran, dass hier wohl einmal ein Schlafzimmer gewesen war. Auf einer alten Schlafzimmerkonsole wartet ein eingeschalteter Laptop auf Goldwaagner, daneben steht ein weiteres vergilbtes Babyfon. Goldwaagner legt auch hier den Kippschalter um, die rote Lampe leuchtet auf. Jetzt klingt aus dem Lautsprecher blechern die Stimme des Kerls: Er erwacht, nuschelt, lallt vor sich hin. Goldwaagner vertreibt mit einem Tastendruck den Bildschirmschoner und sieht auf dem Monitor den Kerl an dem Heizkörper gefesselt und auf der Munitionskiste sitzen. Doch der schwankt hin und her wie ein Betrunkener, scheint das Bewusstsein zurückzuerlangen, scheint die Gefahr zu wittern, die er sich nie hätte vorstellen können.

Goldwaagner greift nach dem Babyfon, hält es vor den Mund, als sei es ein Mikrofon, er betätigt ein paar Tasten seines Laptops... es geht los. „Ob Sie überleben oder sterben werden, hängt nicht von mir ab, sondern nur von Ihnen!", donnert Goldwaagner in das Babyfon. Auf dem Monitor schreckt der Mann auf seiner

Munitionskiste auf, sitzt kerzengerade da, blickt verunsichert und verängstigt umher. „Ich werde Ihnen fünf Fragen zu ‚Guy Fawkes' stellen", fuhr Goldwaagner über das Babyfon fort. „Sie kennen doch Guy Fawkes – oder? Nun, wie auch immer, fünf Fragen. Wenn Sie mindestens eine korrekt beantworten, dann gewinnen Sie Ihr Leben zurück und Sie haben ab dann einen wirklichen Grund, jährlich den 5. November zu zelebrieren. Wenn Sie aber nicht auch nur eine einzige Frage korrekt beantworten, dann werden Sie das größte und letzte Feuerwerk Ihres Lebens auslösen." Goldwaagner schweigt einen Moment, lässt das Gesagte auf den Gefesselten wirken, bevor er bewusst lässig hinzufügt: „Dann sprenge ich Sie in die Luft." Aus dem Babyfon dringt blechern das Röcheln des Mannes zu Goldwaagner herüber. „Fangen wir an", beschließt der. „Guy Fawkes verdankt seine heutige Popularität ironischerweise denen, die er töten wollte. Denn es war das englische Parlament, das beschloss, nun Jahr für Jahr am 5. November zu feiern, dass der König den geplanten Anschlag überlebt hatte. Nun die Frage: *Wann wurde dies beschlossen?*" - Röcheln aus dem Babyfon. „Keine Antwort gilt als falsche Antwort!", verkündet Goldwaagner in scharfem Ton.

„1945!", rief der Kerl ohne nachzudenken. „Es war im Januar 1606", erklärte Goldwaagner mit aufkochender Wut. „Nächste Frage! - Zu was sollte der neue Festtag außerdem dienen? Ein kleiner Tipp: Die Antwort auf die Frage geht aus der Antragsformulierung des Abgeordneten Edward Montagu hervor." Diesmal kam die Antwort wie aus der Pistole geschossen: „Hitler?" Goldwaagner verdrehte die Augen, biss sich auf die Lippen, bevor er in das Babyfon donnerte: *Nein!* Nein, es war *nicht* Hitler! Montagu schrieb, bei den Verschwörern habe es sich um ‚heimtückische und teuflische Baptisten, Jesuiten und Seminarspriester' gehandelt. Er wollte den Hass auf den Papst und Rom wachhalten!" Der Kerl zerrt nun panisch an seinen Fesseln, kommt offenbar jetzt erst auf den Gedanken, um Hilfe zu rufen, doch Goldwaagner bringt ihn zum Schweigen: „Man hört Sie nicht! Wir sind in einer verlassenen Siedlung. Schweigen Sie! Reden Sie, wenn Sie gefragt werden! Retten Sie sich mit einer korrekten Antwort. Hören Sie genau zu: Sagen Sie mir, wann wurde der antikatholische ‚Observance of 5th November Act 1605' aufgehoben? Ich will gnädig sein und eine ungefähre Antwort würde mir schon reichen!" Die Panik ist in der Stimme des Kerls unüberhörbar. „Siebzehnhundert... Achtzehnhundert...", stammelt er. „Falsch und nochmal falsch!", urteilt Goldwaagner. „Er wurde im 19. Jahrhundert aufgehoben. Dennoch brannten auch weiterhin an jedem 5. November Scheiterhaufen und Strohpuppen." Der Kerl windet sich, soweit es die Fesseln zulassen, auf seiner Munitionskiste, es sieht so aus, als säße er auf einer glühenden Herdplatte. „Letzte Frage, letzte Chance", fährt Goldwaagner fort. „Ich denke, die Frage passt sehr gut zu Ihrer Situation. Der Grund, weshalb Guy Fawkes verhaftet, gefoltert und hingerichtet wurde, war bekanntlich sein vereiteltes Attentat. Er und seine Kumpanen hatten Schießpulver in einen Raum unter dem Parlament geschafft. Frage: Wie viele Fässer waren es?" „Ich sterbe!", brüllt der Mann auf seiner Munitionskiste. „Helfen Sie mir!" „Helfen Sie sich selbst!", befiehlt Goldwaagner. Der Mann gurgelt eine Zahl hervor, ist kaum noch zu verstehen. „Leider falsch!", erklärt Goldwaagner blasiert über das Babyfon. „Leider falsch!"

„Wo ist die verdammte Bombe?", brüllte jetzt Roberts. Goldwaagner schaute ihn perplex an, wirkte wie aus einer Trance erwacht und blickte in das rot angelaufene Gesicht des Mili-

titärpolizisten direkt vor ihm. „Was für eine Bombe?", fragte Goldwaagner beinahe verängstigt. Cabera spürte, dass Goldwaagner einen Moment lang wirklich nicht wusste, was Roberts von ihm wollte. „Wo ist dieses Haus, in dem Sie eine Bombe gelegt haben?", blaffte Roberts. Goldwaagner stutzte, zog die Brauen hoch, verzog das Gesicht zu einem Grinsen und begann hysterisch zu lachen, hielt sich den Bauch, schüttelte sich vor Lachen, das schließlich in ein Husten überging. Dann verstummte er abrupt, blickte die beiden Polizisten mit Tränen in den Augen an, wobei Cabera nicht wusste, ob es wirklich Lachtränen waren. „Es gibt keine Bombe!" „*Was*?", platzte es aus Roberts heraus. „Es gibt keine Bombe! Und es gab niemals eine!", erklärte Goldwaagner mit einer Arroganz in der Stimme, als habe Roberts ihn nach der Existenz des Weihnachtsmanns gefragt. „Wie meinen Sie das?", wollte Cabera wissen, der sowohl von Roberts' Wut- noch von Goldwaagners Lachanfall beeindruckt war. Goldwaagner schüttelte den Kopf, als habe er zwei dumme Jungen vor sich, die die einfachsten Dinge nicht verstanden. „Der Kerl saß nie auf einer Bombe. Es gibt keine Bombe. In der Munitionskiste war Sand, damit sie schwer genug war, damit er sie nicht verschieben konnte und so keinen Verdacht schöpfte. Das Kabel, das aus der Munitionskiste führte, endete im Nebenraum in einer kleinen Kabeltrommel, die nicht einmal angeschlossen war!" Goldwaagner brach erneut in Lachen aus.

„Was hat Sie zu so einem Aufwand angetrieben? Und das alles auch noch, wenn Sie den Mann nicht einmal umbringen wollten, wie sie ja sagten?", hakte Cabera nach.

Goldwaagner ging nicht sofort auf seine Frage ein: „Das Einzige, was in diesem Haus wirklich echt war, war das Babyfon, die Kamera und die Dummheit dieses Mannes!", begann er. „Die Kamera lief tatsächlich mit. Sie sollte seine Dummheit aufzeichnen. Und sie sollte aufzeichnen, wie er sich in die Hose macht vor lauter Angst. Weil er nicht imstande war, ein paar Fragen zu beantworten, die einen Feiertag betreffen, den er bis vor wenigen Minuten noch exzessiv gefeiert hatte. Und weil er ernsthaft dachte, dass ich ihn dann in die Luft sprenge!" Goldwaagner lachte wieder, aber diesmal klang es verbittert.

Roberts verstand noch immer nicht: „Und was sollte der ganze Mist dann?"

Goldwaagner lächelte kalt: „Ich wollte diesen Film bei YouTube hochladen. Ein Bild sagt mehr als tausend Worte? Dann sagt ein Film doch pro Sekunde mehr als 24.000 Worte. Und jede dieser Filmsekunden hätte diesen Idioten als das entlarvt, was er ist. Und jeder aus dieser ganzen ,Online-Community' hätte beim Sehen dieses Videos gespürt, dass er genauso ist wie dieser Kerl! Bestrafe einen. Erziehe Tausende. Der Ursprung dieser Maxime war natürlich anders gemeint, aber er findet hier eine ganz neue, eine weitere Bedeutung!", dozierte Goldwaagner.

Roberts beugte sich vor: „Was ist passiert, weshalb Sie ihn noch am selben Abend auf den Scheiterhaufen vom Guy Fawkes Fest geworfen haben?"

Goldwaagner blickte die beiden tief in die Augen: „Weil er gestorben ist!"

Roberts' Nervenkostüm platzte nun endgültig: *„Wollen Sie uns verarschen?"* Goldwaagner blieb ruhig: „Nein. Er starb in dem Moment, in dem er glaubte, sterben zu müssen. Er beantwortete auch die letzte Frage falsch. Das war der Moment, in dem ich ihn eigentlich hätte in die Luft sprengen müssen. Das tat ich natürlich nicht.

Aber er starb, ohne dass ich etwas dazu tun musste oder dass ich es wollte."

„Wie?" Roberts verstand gerade wirklich nichts.

„Möchten Sie den Moment des Todes sehen?", fragte Goldwaagner nun beinahe flüsternd. „Wir können es gemeinsam ansehen. Es ist doch längst alles im Internet!" Cabera sah, wie Roberts' Gesichtszüge entgleisten und dann versteinerten. „Los!", befahl der Militärpolizist, öffnete den Internetzugang auf seinem Laptop und schob den Computer Goldwaagner hinüber. Der rief ein Videoportal auf. „Film starten?", fragte er höflich. Cabera nickte. Dann sahen sie den Film. Es war so, wie Cabera es sich bei der Erzählung Goldwaagners vorgestellt hatte: Das verstörende Ensemble aus olivgrüner Munitionskiste, klobigem Babyfon und zerschlissener Clownstapete; der Kerl, der sich gegen die Fesseln auflehnte und die blecherne Stimme aus dem Babyfon, die unerbittlich Fragen auf den Kerl abfeuerte. „Jetzt!", flüsterte Goldwaagner. Sie hörten die letzte Frage, die verzweifelte Antwort, Goldwaagners Urteil, das ein Todesurteil wider Willen geworden war. Dann passierte es. Der Mann zuckte auf der Munitionskiste umher, verkrampfte sich, röchelte, hustete, bäumte sich auf, zerriss sogar eine der Seile, fasste sich an den Hals, gurgelte, strampelte in Todesangst. „Ein Asthmaanfall", erklärte Goldwaagner, ohne den Blick vom Bildschirm zu nehmen. Auf dem Bildschirm sahen sie nun, wie Goldwaagner in den Raum eilte, sich über den zuckenden Mann bäumte, verzweifelt dessen Kragen lockerte. Als das Zucken schwächer wurde, begann Goldwaagner eine Herzmassage und Beatmungen. Je länger das Video lief, desto sicherer waren sich Cabera und Roberts, dass der Kerl inzwischen gestorben sein musste. Doch Goldwaagner versuchte seine Wiederbelebungsversuche weiter und weiter. Irgendwann schaltete sich die Kamera ab.

Irrlichter ins Dunkel bringen – Mailprotokoll einer Erleuchtung

Elias Röhlen:

Sie wundern sich sicher, dass ich Ihnen eine Mail schreibe, aber ich brauche Ihre Hilfe und Sie, Oskar Pelzer, sind Polizist. Vielleicht erinnern Sie sich an mich: Als Sie mit Ihrer Kommission „Raptus" im NATO-Hauptquartier JHQ ermittelt haben, war ich Zeuge in dem Fall.

Oskar Pelzer:

Ich erinnere mich an dich und wundere mich vor allem darüber, woher du meine private Mailadresse hast und warum du mir um 22 Uhr schreibst. Hast du irgendwelche Drogen „eingeschmissen"? (haben wir uns damals bei den „Raptus-Ermittlungen" schon gedacht!)

Elias Röhlen:

Nein. Ich schwebe in Gefahr, denn ich habe die Beweise gefunden, dass Mönchengladbach in den Händen des Geheimordens „Illuminaten" ist!

Oskar Pelzer:

Okay Elias, welche Pillen hast du genommen?!
„Speed"? – Immerhin hast du nach wenigen
Sekunden geantwortet!

Elias Röhlen:

Sehr witzig! Ich habe heute keine Drogen genommen. Es ist so -, die Beweise für den Ein-
fluss der Illuminaten sind unumstößlich. Deswegen bin ich in Gefahr! Und deswegen ist es
gut, dass Sie sofort antworten und ich Ihnen
zurückschreiben kann. Ich darf keine Sekunde
verlieren!

Oskar Pelzer:

Hau in die Tasten - ich bin sehr gespannt auf
deine Beweise!

Elias Röhlen:

Wissen Sie, wie die höchste Verwaltungseinrich-
tung der US-amerikanischen Besatzungszone
Deutschlands und des US-amerikanischen Sek-
tors von Berlin in den ersten vier Jahren nach
dem Zweiten Weltkrieg hieß? Die Einrichtung
nannte sich: Office of Military Government for
Germany (U.S.). Und wissen Sie, wie man das
abkürzte? Genau: „OMGUS". Der Hauptsitz von

OMGUS war übrigens Berlin, zusätzlich gab es auch Außenstellen in Frankfurt am Main, aber was viel wichtiger ist: Sehen Sie, was sich in OMGUS versteckt? Genau! „MG", was gleichermaßen für „Military Government" und für „Mönchengladbach" steht. Das sieht man nicht sofort, aber das wollen die Illuminaten ja auch so!

Zu den Aufgaben des OMGUS gehörte unter anderem die Entnazifizierung und das Beschaffen detaillierter Informationen über die Verstrickungen der deutschen Wirtschaft in die NS-Herrschaft. Bei den Nürnberger Prozessen wurden die „OMGUS-Akten" als Beweismaterial herangezogen. Aber zurück zu MG in der Bedeutung von Mönchengladbach und zurück zu den Illuminaten hier: Wissen Sie, mit welcher Zahl die Illuminaten Eingeweihte auf ihr Wirken aufmerksam machen? – Mit der Zahl 23! Und welche Buslinie fährt in das NATO-Hauptquartier JHQ in Mönchengladbach? – Nur die Buslinie 23! Es gibt keine Zufälle und wer etwas anderes behauptet, der lügt und hat wahrscheinlich selbst mit der ganzen Sache etwas zu tun!

Oskar Pelzer:

Wie wenig manipulativ deine rhetorischen Fragen doch sind! Und wie viel Spielraum mir Dein Schlusssatz lässt, lieber Elias! Und vor allem, wie untypisch deine ganze Argumentation für Verschwörungstheoretiker ist! Falls dir noch ein Licht aufgehen soll, hier noch eine Idee: Es gibt die Verschwörungstheorie, dass deine Illuminaten bei der Verfassung der Bundesrepublik Deutschland mitgemischt haben. Warum? – Hier der Beweis: Wann wurde die Verfassung unterzeichnet? Bekanntlich am 23. Mai 1949! Die erste „Illuminaten-23" ist ja noch offensichtlich, die zweite weniger. Aber: Was ist die Quersumme von 1949? Genau: 23!

Das Dumme für euch Verschwörungstheoretikern ...äää „Aufklärern" ist: Der echte Illuminaten-Orden war eine deutsche Geheimgesellschaft mit dem Ziel, aufklärerische Ideale zu verbreiten. 1785, nur neun Jahre nach seiner Gründung, wurde der Illuminaten-Orden verboten und fünf Jahre danach erlosch er endgültig. „Erlosch" ist übrigens ein gutes Stichwort: *illuminati* bedeutet aus dem Lateinischen übersetzt nichts Spektakuläreres als „die Erleuchteten". Wie auch immer: In den 70ern des zwanzigsten Jahrhunderts haben die Autoren Robert

Shea und Robert Anton Wilson in ihrer „Illuminatus!-Trilogie" behauptet, der Gründer des Illuminaten-Ordens, Adam Weishaupt, hätte die Identität von George Washington angenommen. Mit dieser Maskerade hätte der Bayer Weishaupt seine Illuminatenideen in den Vereinigten Staaten von Amerika verbreitet (ein bayrischer Mr. President im Weißen Haus – ich hab's mir immer schon gedacht!). Das Ganze war als Parodie auf Verschwörungstheorien angelegt, aber einige „Leuchten" unter den Lesern hielten das prompt für nichts als die Wahrheit!

Und nun müssen die Illuminaten längst auch noch für die französische und die russische Revolution herhalten. Aber die Illuminaten sind ja nicht die Einzigen, die für das Unheil in der Welt verantwortlich sind. Die Weltverschwörer haben ja noch Jesuiten, Juden, Freimaurer, Großkonzerne, „die Regierung" und natürlich Außerirdische in petto. Übrigens eine, wie ich finde, sehr heterogene Gruppe...

Elias Röhlen:

Machen Sie sich nur lustig! Was sagen Sie zu diesem Beweis, den Sie direkt vor Ihrer Haustür finden können? Vor einigen Jahren soll im

Mönchengladbacher JHQ angeblich die Irisch-Republikanische Armee, IRA, einen Terroranschlag verübt haben. Eine Autobombe explodierte an einem späten Abend vor einer Offiziersmesse mit deutschen Gästen. Dabei erlitten mehr als 30 Menschen Verletzungen, drei davon schwere. Mehr als ein Dutzend Autos standen in Flammen. Die Offiziersmesse, vor der die Bombe explodiert war, wurde in dieser Schreckensnacht zerstört. Es war aber nicht die IRA! Es waren in Wirklichkeit die Illuminaten, die dahinter steckten! Warum? Es gibt zwei Beweise: Dieses Attentat im Jahr 1987 wurde an einem 23. März verübt! Und wozu sollten die Illuminaten das tun? – Als Folge dieses Attentats wurde von da an der Zugang ins JHQ schärfer und konsequenter kontrolliert! Mehrere Zugänge, bis auf drei, wurden dicht gemacht, Einlass nur noch „Berechtigten" gewährt. Zuvor war das Areal verhältnismäßig frei zugänglich gewesen. Die Illuminaten wollten sich abschotten und haben das so auch geschafft und dafür eine Bombe gezündet und das Ganze der IRA in die Schuhe geschoben! Dieses Vorgehen nennt man beim Geheimdienst, in der Politik und beim Militär „falsche Flagge".

Oskar Pelzer:

Mir kommen gleich die Tränen (oder wie heißt die Flüssigkeit im Magen nochmal?!).

Du willst mir ernsthaft erzählen, dass die Illuminaten eine Bombe hochjagen, nur um einen Vorwand zu haben, die Zäune um das JHQ um eine Stacheldrahtrolle zu erhöhen, einige Verbotsschilder aufzuhängen und die Checkpoints aufzurüsten? Und dann soll ich mich noch am besten aufregen, weil die arme Terrorgruppe IRA das Ganze in die Schuhe geschoben bekommen hat? Jetzt wach mal auf, Elias! Das Ganze klingt wie die Verschwörungstheorien zum 11. September 2001, nach denen Regierungs- und Geheimdienst-vertreter der USA hinter den epochalen Terrorakten steckten. Angeblich waren sie es, die die Anschläge absichtlich zugelassen oder sogar geplant und durchgeführt hätten. Noch skurriler die Behauptung, der wahre Schuldige sei das „Weltjudentum". Andere beschuldigen den Mossad, wieder andere die Freimaurer, nur die Al-Qaida war's nicht. Und nun sind es natürlich die westlichen Massenmedien, die durch Informationskontrolle oder Selbstzensur die Verbreitung dieser „Wahrheiten" verhindern. Und das Allerbeste: Was sagen Verfechter dieser Theorien zu den amtlichen Untersuchungsergebnissen? Klar: das sind alles nur unbewiesene Verschwörungstheorien! Ach ja: Ihr Verschwörungstheoretiker mögt doch so gerne Quersummen - was ist die Quersumme von 11.9.2001? – Und? Hättest du mit dem Ergebnis gerechnet?

Wirklich gefährlich sind noch nicht mal die Verschwörungstheoretiker, die oft einsam sind und psychische Auffälligkeiten aufweisen, genauso wenig die „Aufklärer", die das Internet mit ihren „Erkenntnissen" „bereichern". Nein, gefährlicher als deine Illuminaten sind „Hexenjäger". Ein Beispiel gefällig? Wie wär's mit Heinrich Kramer, dem Dominikaner, der den so genannten „Hexenhammer" schrieb? Dank ihm und seinem Werk hatten Frauen, die sich im 16./17. Jahrhundert dem Vorwurf oder Verdacht der Hexerei ausgesetzt sahen, bekanntlich beste Chancen, gefoltert zu werden und auf dem Scheiterhaufen zu landen. Aber wir müssen nicht so weit zurückgehen! In den frühen 50er Jahren des 20. Jahrhunderts finden wir den amerikanischen Senator Joseph McCarthy, den man ruhigen Gewissens als „Hexenjäger" seiner Zeit titulieren darf. Überall in der amerikanischen Gesellschaft und auch in Regierungskreisen „entlarvte" er Kommunisten. Die, die beschuldigt wurden, litten in der „McCarthy-Ära" schwer unter dem „McCarthyismus". Rückhalt für seine wahnhafte Hatz bekam er von konservativen Amerikanern. Echte Beweise lieferte McCarthy übrigens nie!

Elias Röhlen:

Sie müssen mir nicht glauben, wenn Sie noch nicht bereit sind. Wichtig ist nur, dass Sie es wissen, wenn mir etwas zustößt bei meiner Aktion. Ich habe nicht mehr viel Zeit!

Oskar Pelzer:

Was soll das heißen?

Elias Röhlen:

Ich werde heute Nacht ein Zeichen setzen. Ich schreibe Ihnen von meinem iPhone aus. Was glauben Sie, wo ich mich gerade befinde?

Oskar Pelzer:

Du sitzt im Moment doch wohl nicht ernsthaft im JHQ, oder?

Junge mach keinen Mist! Auch wenn ich deine Ideen „etwas merkwürdig" finde, will ich nicht, dass du dir völlig unnötigen Ärger machst! Außerdem bin ich Polizist, wenn ich von einer Straftat erfahre, muss und werde ich ermitteln. Also egal, was du vorhast: Raus da! Geh nach Hause!

Elias Röhlen:

Ich bin nicht allein hier draußen.

Oskar Pelzer:

Dann geht eben alle nach Hause! Schluss jetzt!

Elias Röhlen:

Ich hocke hier im Gestrüpp. Vor mir, nur ein paar Schritte entfernt auf der anderen Straßenseite, liegt das Militärverwaltungsgebäude Big House, auf dem Vorplatz wehen die Flaggen der NATO-Mitgliedstaaten. Gleich ist es dunkel genug, dann können wir beginnen.

Oskar Pelzer:

Ich weiß nicht, ob du mich verarschen willst, oder was ihr vorhat, Elias. Ich gebe dir nur einen Tipp: „MG" ist auch die Abkürzung für „Militärgericht". Und egal, was ihr da vorhabt: Die britische Militärpolizei versteht da kein bisschen Spaß! Haut also ab!

Elias Röhlen:

Wir wollen keinem etwas antun. Gleich geht es los. Ein paar von uns sitzen in Verstecken in der Nähe des Einkaufszentrums NAAFI und nahe der Tankstelle von British Petrol. Andere liegen in Verstecken hinter der Windsor School, wieder andere unweit der St. Boniface Church. Eine weitere Gruppe wartet bei der Fire Station der britischen Militärfeuerwehr. Zugegeben: Das Big House ist der gefährlichste Einsatzort. Aber wir werden die dunklen Geheimnisse hier ins Licht der Öffentlichkeit zerren. Wir werden an diesen Orten gleich „Flagge bekennen". Wir werden Flaggen hissen, die diejenigen, die sie hissen sollten, nicht hissen wollen. Wir haben Flaggen dabei, die „das Auge der Vorsehung" zeigen. Es symbolisiert die sich stets enthüllende Wahrheit und fordert zu Weisheit auf, es appelliert an das Gewissen. Über das Ursache-Wirkungs-Prinzip repräsentiert es das Gute, das das Böse stellt, um es zu besiegen. Es ist eigentlich ein Freimaurer-Symbol, das aber auch den Illuminaten zugeschrieben wird. Es wird Zeit, dass über diesem im Wald fast schon verborgenen JHQ-Stadtteil die Flagge der wahren Herrscher weht!

Oskar Pelzer:

Egal ob die Anschläge vom 11. September von Al-Qaida, den Mossad, der Regierung oder meinetwegen sogar von den Illuminaten verübt wurden: Seit diesem 11. September sollte im eigenen Interesse keiner mehr unnötigen Stunk auf Militärgelände machen. Das war früher schon sehr gefährlich und heute ist es noch gefährlicher. Lass das, Elias! Und jetzt ganz ohne Scherz: Wenn dich ein Militärpolizist oder irgendein Wachsoldat auffordert, stehen zu bleiben und alles fallen zu lassen, dann mach das! Mehr als einen Warnschuss werden die nicht abfeuern! Die zweite Kugel trifft dich! Junge, das, was du da machst, ist echt saugefährlich.

Elias Röhlen:

Da kommt ein Militär-Jeep! Ich hau' ab!

Oskar Pelzer:

Mach es nicht schlimmer als es ist!

Elias Röhlen:

Da bin ich wieder. Ich sitze in einem dieser Garagenhöfe der Wohnsiedlungen im JHQ. Keine Ahnung wo genau. Einige Schritte von hier entfernt sind kleine Doppelhäuser. Der Wald ist recht nah, ich scheine in einem Randgebiet des JHQ zu sein. Sie suchen mich. Ich höre Automotoren aus verschiedenen Richtungen. Es müssen mehrere auf der Jagd sein. Hoffentlich haben sie das Licht meiner Taschenlampe nicht gesehen. Gerade habe ich um die Ecke gespäht: Der Gehweg vor den britischen Wohnhäusern ist menschenleer, die meisten Fenster sind dunkel, nur ein paar private PKW mit britischen Kennzeichen parken am Bordstein. Wenn ich schnell bin, schaffe ich es an der Siedlung vorbei, raus aus dem HQ und rein in den Wald. Die Illuminaten-Flagge werfe ich im Laufen auf eines der englischen Straßenschilder, das ist das Einzige, was ich für die Wahrheit tun kann!

Wieder dieses Motorenbrummen, diesmal ganz in der Nähe! Ich muss es versuchen! Wenn es gut geht, dann melde ich mich in ein paar Minuten. Wenn nicht, dann haben mich die Illuminaten mit den Uniformen der britischen Militärpolizei erwischt und in ihren Wagen gezerrt, um mich in eines der umzäunten Gebäude zu verschleppen. Wenn ich mich nicht mehr melde, dann ist genau das passiert, und ich habe den Beweis, dass ich Recht habe. Das Motorengeräusch kommt näher. Ich laufe jetzt los. Gleich wird sich zeigen, ob ich Recht habe!

Oskar Pelzer:

Elias!? Was ist los? Meld' dich! Melde dich sofort, Junge! Schluss jetzt!

Hintergründe:

- *Die Geschichte ist von der Glosse „Gladbach gehört den Illuminaten" inspiriert, die am 31. Oktober 2011 in der Rheinischen Post erschien (Autor: Ansgar Fabri).*

- *„Irrlichter ins Dunkel bringen – Mail-Protokoll einer Erleuchtung" ist ein belletristischer Ableger: Die Figur Oskar Pelzer tritt in Ansgar Fabris Roman „Der Saulus Effekt" (Gipfelbuch Verlag) auf und ist der Protagonist in seinem Roman „Raptus" (Verlag Offenes Atelier Mönchengladbach e.V.), der ebenfalls zum Teil im JHQ spielt und in dem Elias Röhlen in einer dubiosen Nebenrolle auftritt.*

"Voraussagen sind schwierig, insbesondere, wenn sie die Zukunft betreffen."

(Niels Bohr, dänischer Physiker, Nobelpreisträger für Physik - 1922)

Nach der Schließung:
Eine Zeitreise mit Abstechern in
„Paralleluniversen"

Nun ist das JHQ ein abgeschlossenes Kapitel der Stadtgeschichte Mönchengladbachs. Ausgerechnet an einem Freitag, dem 13.! Exakt am Freitag, dem 13. Dezember 2013 schloss das JHQ offiziell seine Zufahrtsstraßen. Doch Besuchern, die ohne triftigen Grund auf das sich leerende Militärgelände wollten, wurden an den Checkpoints bereits vor diesem Datum abgewiesen. Und schließlich waren es wohl vor allem die Busfahrer der Linie 23, die – ohne Fahrgäste – durch das fast schon menschenleere JHQ fuhren, dort, ihrem Fahrplan entsprechend, pausierten, um dann die jahrelang ausgewiesene Busroute wieder aufzunehmen. Zukünftige Generationen werden sich sicherlich weder die Zeit des britischen Lebens im JHQ noch die ersten Monate nach diesem besagten „Freitag dem 13." vorstellen können.

Versetzen wir uns doch in Menschen dieser Generationen und machen ein besonders abenteuerliches Gedankenexperiment: Wir gehen in eine wirklich weit entfernte Zukunft und stellen uns vor, dass in dieser Zukunft tatsächlich

Zeitreisen möglich wären und sich eine regelrechte Zeitreisetourismus-Branche entwickelt hätte. Jetzt könnten Sie sagen: „Okay, mit viel Fantasie und etlichen schwerverständlichen Versatzstücken aus den Naturwissenschaften kann ich mir Zeitreisen ja theoretisch vorstellen... Und ich lasse mich meinetwegen auch auf die Idee von Zeitreise-Tourismus ein. Aber wer sollte in die Zeit um 2014 zurückreisen – und dann noch nach Mönchengladbach kommen, wenn er sich den Bau der Pyramiden ansehen oder die Besiedelung des noch Wilden Westens beobachten könnte? Gute Gegenargumente! Aber wenn man davon absieht, dass natürlich auch heute schon mehr Touristen nach Gizeh oder in die USA als an den Niederrhein reisen, so könnten Zeitreise-Büros sicher einige Mönchengladbach(Zeit-)Reise-Angebote haben, die nicht nur für Musik- und Festivalliebhaber interessant wären. Es könnten etliche Angebote offeriert werden, die durchaus unter den Mottos „Mönchengladbach skurril" oder „Mönchengladbach abenteuerlich" beworben werden könnten. Manchmal würde sich auch statt dem Buchen einer Zeitreise das Buchen einer Reise in ein Paralleluniversum anbieten - denn einiges, was die Stadtverwaltung an Ideen für die JHQ-Nachnutzung auf die Schreibtische bekam, wurde niemals Wirklichkeit. Und ob das alles wirklich tragische Verluste und vertane Chancen für die Mönchengladbacher waren, das könnte jeder Reisende selbst entscheiden.

Reisepaket: *„Four seasons"*

Freunde von skurrilen Ideen könnten sich an ein Reisebüro für Touren in ein Paralleluniversum wenden. Warum? Die Stadtverwaltung wurde (tatsächlich) mit einer Idee konfrontiert, deren Verwirklichung das größte Projekt geworden wäre, das die Stadt in ihrer Geschichte je erlebt hätte. Starten wir also eine Reise in ein Paralleluniversum, in dem das, was den Städteplanern vorgeschlagen wurde, Wirklichkeit geworden ist:

Wer sich mit dem Auto dem Ort des ehemaligen JHQ nähert, dem fällt schon von weitem ein 200 Meter hoher Turm auf, der ein Hotel, Büros und Wohnungen beherbergt. Eine Fahrt mit einem Heißluftballon liefert noch bessere Ausblicke: Der gigantische Turm erhebt sich im Zentrum von vier riesigen Hallen, die wie Kleeblätter um den Turm angeordnet sind. Ein leichtes Absinken mit dem Heißluftballon, und man sieht, was sich im Inneren dieses imposanten Gebäudegiganten abspielt: Extremsport, Action und Spaß - ein hochmoderner Freizeitpark. Beim Flug über die einzelnen „Kleeblatt-Hallen" sieht man, dass unter jeder der vier Hallen eine andere Jahreszeit inszeniert wird. "*Four seasons*" heißt der Freizeitpark, und von der Dimension her kann er es mit einem Disneyland aufnehmen – auch was die Anziehungskraft auf Besucher angeht. Die Investoren definierten als Einzugsbereich nicht nur ganz Deutschland, sondern auch die angrenzenden Länder. Die Investoren? Wo gab es denn Investoren, die so ein nahezu unvorstellbares Projekt in Mönchengladbach anpacken wollten? Es gab diese Investoren und das nicht nur in diesem Paralleluniversum. Die Investoren kamen aus dem saudi-arabischen Königshaus. Wie kam man in Saudi-Arabien auf die Idee, in Mönchengladbach einen Freizeitpark bauen zu wollen? Um ein 60 Hektar großes Gelände für den Freizeitpark zu finden, hatte die Investorengruppe die Wirtschaftsförderungsgesellschaft des Landes Nordrhein-Westfalen, NRW Invest, beauftragt, und die schlugen den Saudis prompt das JHQ-Gelände als möglichen Standort vor. Zumindest in diesem Paralleluniversum kann sich Mönchengladbach mit einer europäischen Weltstadt messen – denn das saudische Königshaus wollte in Europa gleich zwei Jahreszeiten-Themenparks auf einen Schlag errichten. Neben Mönchengladbach hatten die Investoren den Großraum Istanbuls ins Auge gefasst.

Reisepaket: „*Endzeitstimmung*"

Das Reisepaket „Endzeitstimmung" müsste nicht einmal in der Kategorie „Reise in ein Paralleluniversum" gebucht werden. Was sich hinter dem Zaun des leerstehenden JHQ abspielte, vermittelt die vom Reisepaket versprochene Stimmung schon sehr gut.

Unser Zeitreisetourist steht zunächst vor verschlossenen Toren, mit dem Auto ist hier so ohne Weiteres kein Durchkommen mehr. Der Grund: So sollen illegale Autorennen über die Straßen, die zwischen den brachliegenden Grasflächen und den unbewohnten Häusern herführen, verhindert werden. Wenn unser Zeitreisender dann durch die einsamen Wohnsiedlungen schlendert, wird ihm vielleicht nicht bewusst sein, dass die Unterhaltung des weitläufigen Geländes mindestens eine Million Euro pro Jahr kostet. Das Ganze ist ein einziges Rechenspiel für die Stadtplaner: Wer den ganzen ehemaligen Garnisonsstadtteil mieten möchte, zahlt pro Jahr nur einen symbolischen Euro an die Eigentümerin, die *Bundesanstalt für Immobilienangelegenheiten*, kurz „Bima". Doch danach muss man gleich mehrfach das Scheckbuch zücken und dann wird's richtig teuer. Eine knappe halbe Million Euro sollte man allein für die Bewachung des Geländes auf der hohen Kante haben. Und auch für die Unterhaltung von Straßen, Gebäuden und Grünflächen wollen Mitarbeiter, Maschinen und Materialien bezahlt werden. Innerhalb eines Jahres dürfen dafür nochmal etwa eine Million Euro überwiesen werden. Ziemlich viel Geld, aber wenn man's hat und seine Ruhe haben möchte, wäre das doch etwas – oder vielleicht doch nicht? Ist es wirklich so ruhig da draußen?

Wenn unser Zeitreisetourist plötzlich Menschen sprechen oder flüstern hört, wenn er Gestalten über die Straßen huschen sieht, dann sollte er vorsichtig sein. Wer hierherkommt, ist entweder ein anderer Zeitreisetourist (worauf man sich aber nicht verlassen sollte!) oder jemand, der wahrscheinlich eher nichts Gutes im Schilde führt. Vielleicht Metalldiebe, die in die verlassenen Häuser einsteigen, um Metallrohre aus den Wänden zu schlagen. Oder Vandalen, die Haustüren, Fenster und Garagentore zerstören wollen aus Langweile, Frust oder sonstigen Motiven. Vielleicht spuken aber auch Drogenabhängige, Wohnungslose oder Freizeitabenteurer durch das verwaiste JHQ, die Verstecke oder Unterschlupf suchen oder die einfach sehen wollen, wie die einstige Garnisonsstadt nach und nach verfällt. Vielleicht erlebt unser Zeitreisetourist aber auch einen actiongeladenen Moment: Erst einen Metalldieb, der über die Straße huscht, und dann direkt dahinter das Auto einer Sicherheitsfirma, die auf dem Gelände patrouilliert. Entweder hat der Sicherheitsdienst den Metalldieb direkt bei einer Kontrollfahrt erwischt oder aber ihn über die alte, aber dennoch funktionsfähige Videoüberwachungsanlage aufgespürt, mit der die Briten früher ihren Stützpunkt im Blick hielten. Sich auf dem JHQ-Gelände erwischen zu lassen, macht den Ausflug unnötig teuer, denn jeder, der auf dem Gelände angetroffen wird, wird angezeigt. Und ob der Hinweis auf Zeitreisetourismus reicht, um ungestraft davonzukommen – darauf sollte man sich nicht unbedingt verlassen.

Reisepaket: „*Garten Eden*"

Wem die oben beschriebene Szenerie zu trist und grau ist, der sollte zum Ausgleich einen Tripp in ein kunterbuntes Paralleluniversum buchen. Dort heißt es: „Hereinspaziert in den ,Garten Eden'!" Für alle, die sich unter dieser paradiesischen Andeutung nichts vorstellen können: Unter ,Garten Eden' firmierte der Arbeitstitel für einen renaturierten Teil des JHQ-Geländes. Zwei Drittel der JHQ-Fläche sollten der Natur zurückgegeben, der Rest Teil des „Chiron All Globe" werden. Diese Ideen wurden wirklich der Stadt vorgelegt. Wirklichkeit wurden sie aber nur in einem Paralleluniversum. Genießen Sie also den Tripp!

Unser Paralleluniversums-Reisender schreitet nun aus dem Garten Eden zum Chiron All Globe und erlebt mit allen Sinnen, was aus dem ehemalige Militärgelände entstanden ist. Hier kann er eine Akademie für Wissen und Weisheit besuchen, seine Kinder in die Obhut einer der vier Kindertagesstätten geben oder in einer Privatschule unterrichten lassen, während er sich in einem Gesundheits- und Wellnesskomplex verwöhnen lässt oder in einer Skaterhalle seine Runden dreht... Er kann sich in einem der

Künstlerateliers an der Staffelei versuchen, in der Erlebnisgastronomie dinieren und im Fünf-Sterne-Hotel schlafen oder die Golfbälle über den 36-Loch-Golfplatz schlagen. Und es gibt noch mehr: Er könnte ein Forschungszentrum besuchen oder sich erkundigen, was es mit dem "holistischem Lebens- und Gesundheitszentrum" auf sich hat, denn das gibt es hier auch. „Oh mein Gott!", ruft unser Reisender im Paralleluniversum, doch da hat er Pech, denn die ehemaligen Kirchen auf dem JHQ-Gelände sind nun Meditationsorte. Die alte Redewendung „Wir wollen mal die Kirche im Dorf lassen" zählt hier sowieso nicht, denn die bedeutet ja, wie man dem Paralleluniversums-Reisenden erklärt, von einer unrealistischen bzw. übertriebenen Vorstellung abzurücken. Also geht's vom Meditationsort weiter in Richtung des zentralen Baus dieser Wunderwelt. Der gestaltet sich als eine Mischung aus Hotel, Spa, Rehazentrum und Restaurant – überwölbt von einer gigantischen Kuppel aus Glas und Holz.

Während unser Paralleluniversums-Reisender mit erhobenem Blick diese überwältigende Kuppel bestaunt, könnte er kleinlaut fragen: „Was hat die Verwirklichung eines solchen

Traums gekostet?", und man könnte ihm dann zuflüstern: „90 Millionen Euro! – Aber schon mit der Hälfte des Geldes wurde der Abriss bzw. die Sanierung bestehender Gebäude bezahlt. Und man konnte ja vorschlagen, ob die Bima ihr Gelände vielleicht für einen symbolischen Preis abgeben würde." Und unser Reisender könnte entgegnen: „Das hat die Bima wirklich mitgemacht?" Und man könnte ihm dann zuflüstern: „Klar! Du hast eine Reise in ein Paralleluniversum gebucht!"

Reisepaket: *„Katastrophentourismus"*

Oder „Katastrophentourismus mal anders" könnte ein weiteres Angebotspaket bei Zeitreisen sein. Die Ereignisse auf dem JHQ-Gelände im August 2014 erinnern schon ein wenig an Szenarien, wie sie nach einem starken Erdbeben stattfinden könnten. Hier entsteht jetzt eine Zeltstadt, wie sie sonst für Flüchtlinge in Krisengebieten errichtet wird. Wasser strömt durch eine acht Kilometer lange Leitung und durch eine Trinkwasseraufbereitungsanlage, beide extra für dieses Ereignis errichtet. Strom für die Zeltstadt im JHQ liefern gleich 15 Generatoren durch ein kilometerlanges Kabel, das ebenfalls nur für dieses Ereignis über Wald und

Wiese verlegt wurde. Hinter der temporären Neubesiedlung des JHQ steht das Technische Hilfswerk, das solche Aufgaben sonst in Krisengebieten erledigt und für das dieses Projekt eine in vielen Punkten sehr realitätsnahe Infrastruktur-Übung ist, aber nicht nur das. Vor allem findet hier zwischen dem 6. und 13. August das 15. Bundesjugendlager des THW statt – das größte in der Geschichte des Technischen Hilfswerks. Unser Zeitreisender könnte sich also unter die 4.500 Jugendlichen, die daran teilnehmen, mischen. Wenn unser Zeitreisender nicht mehr in die Altersklasse der zehn- bis 17- Jährigen passt, dann wären sicher 500 Organisatoren und Betreuer gute Kontaktpersonen, um dabei zu sein. Etwa 1.000 Ehrenamtler sind seit dem Vorjahr aktiv, um das, was hier im JHQ stattfinden soll, zu verwirklichen. Und dann startet das Event im sommerlichen Mönchengladbach. Unser Zeitreisender kann sich bei einem Glas Bier in der Glück-auf-Stube mit anderen Campern unterhalten oder doch lieber im Brausegarten ein alkoholfreies Erfrischungsgetränke zu sich nehmen, und wenn er dann noch nicht genug im Magen haben sollte, Süßigkeiten am Büdchen naschen. Aber das THW-Lager auf dem JHQ-Gelände bietet deutlich mehr: sportliche und kreative Workshops, Partys und Wettbewerbe. Wettbewerbe? Ja! Wer kann am besten einen Fluss überqueren und Verletzte bergen? Okay, der Fluss ist imaginär und die Verletzten sind auch nicht blutüberströmt – gewissermaßen eine Trockenübung. Das alte JHQ-Freibad konnte das THW leider nicht mehr retten: Das Becken ist inzwischen undicht und solch eine Trockenübung macht dann doch keinen Spaß. Lebendigkeit kehrt in diesen Tagen aber trotzdem nicht nur auf die mit THW-Zelten bestückte Wiese des JHQ zurück: Noch einmal strömen Besucher in das alte Kino des JHQ, das extra für diese Tage zurechtgemacht wurde und in dem Filmvorführungen stattfinden.

Reisepaket: *„Action"*

Für die Buchung eines besonderen Reisepakets aus der Kategorie „Action" würde ein Zeitreisebüro sicher die Unterzeichnung einer umfangreichen Verzichtserklärung verlangen, die den Reiseveranstalter von jeder Haftung ausschließt, egal was passiert, selbst wenn der Zeitreisende verletzt oder sogar getötet wird!

Wenn unser abenteuerlustiger Zeitreisender nachts das JHQ erreicht, würde er schnell merken, dass Gefahr in der Luft liegt. Genau genommen knattern Helikopter durch den Nachthimmel. Suchscheinwerfer der Helikopter zucken mit ihrem grellen Licht über Straßen und Fassaden der leerstehenden Häuser im JHQ.

Tagelang und nächtelang geht das nun schon so. Warum die Helikopter über Teile Mönchengladbachs und Wegbergs kreisen, darüber spekulieren und diskutieren Anwohner, auch in den Sozialen Netzwerken. Doch wer weiß wirklich, was warum gerade um das JHQ vor sich geht? Selbst Journalisten, die bei der Polizei und bei der Deutschen Flugsicherung nachfragen, bekommen zunächst keine Auskunft.

Wenn unser Zeitreisender dann durch die nächtlichen JHQ-Straßen streift, das Knattern der Helikopterrotoren in den Ohren, dann würde er schnell merken, dass es nicht nur am Nachthimmel actionreich zugeht. Im JHQ stößt er auf Spezialkräfte der Bundespolizei. Dabei sollen auch Angehörige der GSG 9 sein, der Polizeieinheit, die für die Bekämpfung von Terrorismus und schwerster Gewaltkriminalität zuständig ist.

Wenn ihn die hochgerüsteten Polizisten nicht direkt aufgreifen, könnte der Zeitreisende vielleicht mehr über die Vorgänge hier erfahren als die Bürger, denn über nähere Übungsinhalte der Schwerpunktausbildung im JHQ schwieg sich die Bundespolizei aus taktischen Gründen später gegenüber der Öffentlichkeit aus. Was unser Zeitreisender in jedem Fall mitbekommen würde, ist, dass hier gerade komplexe Szenarien, wie Geiselnahmen, durchgespielt werden. Wenn die GSG 9-Beamten unseren Zeitreisenden tatsächlich in den dunklen Straßen des JHQ aufgreifen, dann würden die sich sicherlich wundern, wie er es geschafft hat, heute hierher zu kommen, denn während der Großübung ist das Gelände besonders gut abgesichert worden. Bestimmt wird das hier heute kein beschaulicher Abendspaziergang mehr.

Reisepaket: „*Festival*"

Für Festivalbesucher der Zukunft lohnen sich gleich zwei Reisepakete: Eines in ein Paralleluniversum, in dem „Rock am Ring" im JHQ stattfindet, oder eine Zeitreise zu einem ganz neuen Festival, das der Rock-am-Ring-Gründer Marek Lieberberg für das JHQ völlig neu erfindet. Für einen richtigen Festival-Fan der Zukunft lohnt sich vielleicht sogar schon eine Reise in die Zeit, bevor das neue Festival im JHQ über die Bühne geht.

Eine solche Reise würde ihn auch zu der Pressekonferenz führen, bei der Marek Lieberberg erklärt, dass eine Festivalorganisation im „Hau-Ruck-Verfahren" nicht mehr zu schaffen sei, nachdem die Bima die Vorverträge gekündigt hatte. Diese Pressekonferenz findet im noblen „Haus der Erholung" statt, der guten Stube im Gladbacher Zentrum, in dem etwa ein Jahr zuvor der Oberbürgermeister einen Empfang zur Verabschiedung der Briten des JHQ gegeben hatte. Unser Zeitreisender erfährt hier nun auch Hintergründe, warum er für Rock am Ring im JHQ ein Reisepaket in ein Paralleluniversum buchen muss: Die Zeit war knapp gewesen und ist nun abgelaufen. Ursächlich dafür sind die Verzögerungen durch die Bima, die das JHQ zunächst selbst an die Rock-am-Ring-Macher und dann doch an die Stadt vermieten wollte. Zukünftige Zeitreisende müssen daher in die Eifel-Gemeinde Mendig reisen. Viel Spaß da draußen! Doch das, was nun für das JHQ geplant wird, ist definitiv nicht zweitklassig: Drei Tage soll das neue Großereignis dauern, zwei Open-Air-Bühnen soll es geben, ein Zelt bespielt und etli-

che Topacts geboten werden. Und all das atmo-
sphärisch besser als alle anderen Festivals von
Lieberberg – sagt er selbst. Also, Mega-Event
mit Staraufgebot, das mit der erwartbaren Zu-
schauerzahl zu einem der größten Festivals in
Deutschland aufsteigen soll. Die Voraussetzun-
gen des leerstehenden JHQ-Geländes sind her-
vorragend: Besucher können über unterschiedliche Zufahrten zum Festival anreisen, ebenso
haben Busse, Feuerwehr, Polizei und Rettungs-
wagen viele Möglichkeiten, an den Ort des Ge-
schehens zu kommen. Die Wiesen sind riesig:
eine misst 80.000, eine andere 25.000 Quadratmeter, also genug Platz für Bühnen, vor denen 100.000 Konzertbesucher feiern können.
Hinzu kommt die exponierte geographische Lage Mönchengladbachs zwischen mehreren großen Ballungsräumen. 15 Millionen Menschen
könnten theoretisch mit einer Stunde Autofahrt
hierherkommen.

Es tut sich also etwas in Mönchengladbach.
Und allein das erklärte Ziel, das legendäre
Rock am Ring im JHQ in Mönchengladbach zu
veranstalten, brachte der Stadt eine große
bundesweite Aufmerksamkeit. Und auch einige ehemalige britische Bewohner des JHQ haben von den Plänen längst etwas mitbekom-

men und teilten in den Sozialen Netzwerken mit, dass so ein Event ein Anlass sei, zu Besuch zu kommen. Vielleicht fühlen sie sich dann auch ein bisschen an die Abschiedsfeier 2013 erinnert, als bei der „Party in the park" unter anderem die Robbie Williams Tribute Band mit JK als Robbie Williams auf einer recht kleinen Waldbühne im JHQ stand. Vielleicht kommt ja das Original des britischen Superstars auf das JHQ-Gelände und die „Party in the park" war gewissermaßen schon Zukunftsmusik...

Das virtuelle JHQ

Was bleibt vom JHQ? Was wird aus den Orten mit all ihren lebendigen Geschichten, die nun selbst ein Stück deutsch-britische Geschichte sind?

Wer sich auf Schatzsuche begeben möchte, kann zu einer vielversprechenden Tauchexpedition in den virtuellen Ozean des World Wide Web aufbrechen.

Es sind die vielen kleinen, einzelnen Bilder, Texte und getippten Erinnerungsfetzen, die im Internet herumtreiben, und die es zu heben gilt. Der größte Bilderschatz über das JHQ Rheindahlen dürfte ohnehin – verteilt in hunderten Schatzkisten – in Form von privaten Fotoboxen und Alben in Großbritannien und anderen Orten der Welt lagern. Fotos von Gartenfeiern, Kindergeburtstagen, Weihnachtsfesten, Jubiläen...

Doch hier und da übergibt der eine oder andere seine Bildschätze dem Internet. Und vor allem sind es Zeitungen, Magazine, aber auch private oder kommerzielle Anbieter, die JHQ-Bilder ins Internet bringen.

Wer in den weiten Datenozeanen jedoch keinen Schiffbruch erleiden will, sollte navigieren können, denn das Internet ist ein zu stürmisches Gewässer, als dass es sich hier lohnen würde, Internetadressen aufzulisten, auf denen JHQ-Bilder zu finden sind. Internetadressen und deren Inhalte verschwinden oder verändern sich bekanntermaßen zu schnell und zu oft. Aber: Wer passende Suchbegriffe eingibt, der findet. Daher finden Sie hier Vorschläge für Suchbegriffe, die Sie mit einer Internetsuchmaschine zu dem „Virtuellen JHQ" führen kann.

„JHQ Rheindahlen Straßen" – diese Suchbegriffe können Sie zum Colchester Walk bringen. Was Sie sehen können? Eindrücke, wie es sie oft im JHQ gab: die durch eine Wohnsiedlung führenden, von Grünstreifen begleiteten Straßen, die kleinen Parkbuchten, an denen PKW auf die Rückkehr ihrer Besitzer warten, die schmalen, plattierten Gehwege, die zwischen Grünstreifen und meist rasenbedeckten Vorgärten vorbeiführen an Wohnhäusern mit weißgrauen Fassaden, hoch aufragende Bäume, die auf Häuser und Straßen herabblicken... Aber immer wieder entdecken Sie als Betrachter auch die typisch deutschen Mülltonnen. Die „gelbe Tonne" für

Wertstoffabfälle leuchtet neben so manchem Hauseingang auf und ist auf Fotos mit verewigt.

Oder Sie finden den Wegweiser wieder, dessen Foto bei JHQ-Themen die lokale Presse immer wieder druckte. In alle Himmelsrichtungen weist er den Weg zu Zielen, zu denen sich JHQ-Neuankömmlinge sonst hätten durchfragen müssen: „SSAFA share shop", „Main NAAFI" „Hairdresser Mariannes", aber auch „Sparkasse Bank" liest man da auf den Richtungspfeilen in goldener Schrift auf dem matt lilafarbenen Wegweiser. Trotz der recht exzentrischen Farbwahl strahlt der schnörkelige Wegweiser auch noch auf den Fotos seinen britischen Charme aus.

Doch Vorsicht! Auch wie bei Schatzsuchen in freiem Gelände, so wäre Ihnen bei dieser virtu-ellen Schatzsuche ein „Ortskundiger" sehr nützlich. Bei jeder Bildersuchanfrage – inklusi-ve der Suchbegriffe „JHQ" „Joint Headquarter Rheindahlen" etc. – werden etliche andere (scheinbar) passende Bilder mitangeschwemmt. Sie müssen wie ein Goldsucher sieben. Viele Bilder tauchen öfter auf, viele davon stehen in Zusammenhang mit Medienberichten, die Ihnen weitere Informationen liefern.

Versuchen Sie doch mal die Suchwörter „JHQ
+ Schule". Vielleicht führt Sie das Begriffspaar
virtuell auf einen der Schulhöfe im JHQ: Vor
der Kulisse der weißen Fassade des zweige-
schossigen Schulgebäudes der Queen's School
/ Windsor School blicken Sie über den asphaltierten Schulhof, die bepflanzten Betonkübel,
Laubbäume, die hier und da den Schulhof be-
grünen, und Tischtennisplatten, Außenbänke
und Tische, die viele Schülerjahrgänge lang
dem Wind und Wetter trotzten...

Sie werden nicht sehr häufig Fotos von den
Bewohnerinnen und Bewohnern des JHQ finden. – Zumindest nicht auf den Bildern, die
professionelle Medien aufgenommen haben
oder verwenden dürfen. Dennoch gibt es einige offizielle Bilder: Eine ganze Gruppe Soldaten mit Tarnfleckenuniformen und Barett-
mützen, aufgestellt in Reih und Glied auf den
Stufen des Eingangsbereichs vom Big House,
eine recht häufig genutzte Kulisse für gestellte
Fotoaufnahmen. Aber auch actiongeladenere
Momente: Soldaten, die in Kampfanzug und
Stahlhelm mitten im Forstgelände durch einen
auf dem Waldboden liegenden Autoreifen
laufen, im Hintergrund ragt ein hölzerner
Kletter- und Trainingsturm auf. Die abenteu-

erlichen Übungen, die die Soldaten dort oben absolvierten, lassen sich auf so mancher Aufnahme nur erahnen.

Bildwechsel: Soldaten mit leuchtend roten Schwimmwesten über den Tarnfleckenuniformen abgelichtet, während sie in einem dunklen Schlauchboot über einen See paddeln.

Aber auch Zeitreisen sind im virtuellen JHQ möglich. Versuchen Sie einmal die Zauberwörter *„JHQ under construction".* Wenn Sie Glück haben, finden Sie so beispielsweise Scans von alten Postkarten, auf denen der Swimmingpool und das Garrison Theater ungewohnt neu aussehen. Vielleicht stellt sich auch Ihnen die Frage, wie viele solcher Ansichtskarten von britischen Militärangehörigen einst per Post in die Heimat geschickt wurden. Oder wie viele solcher Karten schon vergessen in alten Truhen auf Speichern und in Kellern ruhen. Umso schöner, dass es immer wieder Menschen gibt, die diese Karten digitalisieren und im Internet auffindbar machen. Auf diesem Weg gehen Ihnen mit ein bisschen Glück auch andere alte Aufnahmen ins Netz: Eine Luftaufnahme, die den Bau des JHQ zeigt. Oder das Big House, bedeckt unter einer dicken Schicht Schnee, die den weiten Vorplatz in eine beinahe romantische Winterlandschaft verzaubert, aufgenommen im verschneiten Januar 1985.

Es gibt faszinierende virtuelle JHQ-Bilder – und das oft nur ein paar „Klicks" entfernt. Probieren Sie es einfach einmal aus! Kommen Sie in Goldgräberstimmung, versuchen Sie es mit verschiedenen Suchbegriffen und Kombinationen, versuchen Sie es mit deutschen und englischen Wörtern (z.B. *„JHQ landscape"*) und lassen Sie sich überraschen, wohin Sie solche virtuellen Expeditionen führen, was Sie sehen, wiedererkennen und entdecken werden. Auch sehr konkrete Suchbegriffe wie *„JHQ Globe"* (Globe, der Name des Kinos im JHQ) oder *„JHQ St. Boniface Church"* liefern Ihnen spannende Bilder, die – nach den für Laien unergründlichen Wegen der Suchmaschinen – auch ganz andere Motive des JHQ als die eingetippten zeigen.

Es lohnen sich auch Videosuchen im Internet, zum Beispiel zum Guy Fawkes Day am 5. November: Im Internet geistern Videos umher von dem gigantischen, dahinlodernden Scheiterhaufen und dem bunten Feuerwerk am Nachthimmel über dem JHQ.

...und eben immer wieder Momentaufnahmen des normalen britischen Alltags in Deutschland, wie wenn Sie *„JHQ Rheindahlen Stadtzentrum"* in die Suchmaschine eingeben und Sie mit den Bilderergebnissen vielleicht doch nicht auf dem Parkplatz vor dem NAAFI landen (von dem es auch etliche Bilder gibt!), sondern etwas mehr außerhalb. Zum Beispiel dort, wo ein weiteres typisches JHQ-Motiv aufgenommen wurde: an der langen, zweispurigen Zufahrtsstraße, die in das JHQ führt, einer Allee. Gleich mehrere großformatige Schilder mit der Aufschrift „Allied Rapid Reaction Corps" begrüßen dort die Besucher. Auf dieser Straße – es ist die Hauptstraße „Queens Avenue" – werden Sie die Checkpoints sehen, die alle Besucher passierten. Das dahinter liegende JHQ bleibt auf so manchem Foto der Fantasie oder Erinnerung des Betrachters überlassen. Doch es gibt immer wieder ein Wiedersehen mit diesem Ort. Je mehr Menschen ihre persönlichen Erinnerungsfotos im Internet präsentieren, umso mehr Puzzlestücke kommen hinzu, die das Gesamtbild dieses „virtuellen JHQ" vervollständigen und vergrößern. Es wächst mit jedem „neuen" alten Bild. Sie können es vielleicht auch ergänzen. Und Sie können es (be-)suchen – *join the headquarter.*

Nachnutzung des JHQ
im Rahmen eines Comeniusprojektes
an der Gesamtschule Hardt

Gastbeitrag: Bernd Weinberg,
Gesamtschule Hardt, Mönchengladbach

Die Gesamtschule Hardt hatte seit 1992 intensive Kontakte zum JHQ, insbesondere zur Windsor School, mit der zahlreiche größere und kleinere Projekte durchgeführt wurden. Jahrelang war Windsor School ein sehr praktischer, naheliegender und nahezu vollwertiger Ersatz für eine Partnerschule auf der britischen Insel.

Außerdem müssen wir uns auch bei den Grundschulen im Hauptquartier bedanken, bei denen über all die Jahre einige unserer Schüler ein Berufsorientierungspraktikum quasi im Ausland machen durften.

Diese besonderen Beziehungen zum JHQ haben uns Anfang 2013 bewogen, die Nachnutzung des JHQ-Geländes im Rahmen eines internationalen Comenius-Projektes zum Thema zu machen, bei dem Schulen aus Lyon, Warschau und Talavera (Spanien) für brachliegende oder unbefriedigend genutzte Flächen in ihren Städten eine attraktive Nachnutzung entwickeln.

In einem ersten Schritt des Projekts mussten sich die 15 Schüler und Schülerinnen des Projektkurs der Jahrgangsstufe 12 zunächst einmal mit Ist-Zustand sowie der Entstehung und Geschichte des Hauptquartiers befassen. Ausgesprochen hilfsbereit bei der Information zu der Problematik der Nachnutzung des Areals und der Bereitstellung von Material war die sogenannte Konversionsbeauftragte der Stadtverwaltung Mönchengladbach Frau Pfennings. Wir erfuhren von den recht komplizierten Planungsbedingungen, verursacht durch die Beteiligung von Bund, Land und Stadt, der besonderen z. T. bereits deutlich in die Jahre gekommenen Infrastruktur und dem schlechten baulichen Zustand der Wohngebäude, der unter anderem zu der Entscheidung geführt hat, dass auf dem Gelände keine Wohnbebauung mehr bestehen soll. Das heißt, dass alle Wohnhäuser, von denen noch einige bis Sommer 2013 von britischen Familien bewohnt waren, mit erheblichem finanziellen Aufwand abgerissen werden sollen. Bei einer Begehung des Geländes im Oktober 2013 stellten wir dann allerdings fest, dass die Wohnquartiere zum Teil eigentlich enorm attraktiv sind und auch nicht alle Wohngebäude in einem schlechten Zustand sind.

Um herauszufinden, in welchem Maße sich Mönchengladbacher Bürger der Problematik des Hauptquartiers bewusst sind und wie intensiv die Kontakte der Leute aus den benachbarten Stadtteilen waren, haben wir im November eine Befragung durchgeführt.

Eine von den Kursteilnehmern durchgeführte Befragung im November 2013 ergab, dass etwa drei Viertel der Befragten das Hauptquartier und seine Problematik gut kannten und immerhin gut ein Drittel persönliche Kontakte zu Leuten aus dem JHQ hatten. Das heißt, das JHQ war in der Mönchengladbacher Bevölkerung gut verankert. Interessant war, dass sich immerhin ein Drittel eine weitere Wohnnutzung auf dem Gelände wünschten, annähernd die Hälfte der Befragten befürworteten schon damals, bevor das Thema richtig aktuell wurde, eine Nutzung als Festivalgelände.

Die Ergebnisse der Recherchen wurden dann in einem ersten Workshop an der spanischen Partnerschule in Form von Film, Fotografie und Vortrag vorgestellt.

Bei der Analyse der bis Ende 2013 publik gewordenen Vorschläge sind der Projektgruppe insbesondere auch durch die Kommunikation mit Schülern der Partnerschulen zwei Punkte deutlich geworden:

1. dass es angesichts der Größe der Fläche des JHQ und der vergleichsweise kleinen nachzunutzenden Flächen, die die Partnerschulen sich ausgesucht hatten, ratsam und pragmatisch ist, nur eine kleine Teilfläche zu beplanen,

2. dass die Historie des JHQ in den derzeitig vorliegenden Plänen überhaupt keine Berücksichtigung findet.

Die Gruppe hat aus diesen Überlegungen heraus die Idee entwickelt, am Rande des JHQ-Areals, auf dem an der Hardter Landstraße gelegenen, ehemals von der GEM genutzten Gelände oder auf dem benachbart liegenden Gelände der ehemaligen Reithalle im JHQ ein Pub zu errichten, das im äußeren und inneren Erscheinungsbild authentisch britisch sein wird. Allein der Baukörper wird somit eine Art lebendiges Denkmal für die 60jährige Anwesenheit der Rheinarmee und die freundschaftlichen Beziehungen zu den Bürgern der Stadt Mönchengladbach sein.

Darüber hinaus sollen im Pub diverse Memorabilia und großflächige Fotos an das JHQ erinnern.

Die Attraktivität des Pubs auch über die unmittelbare Umgebung hinaus soll durch ein kulturelles anglophiles Programm erhöht werden. Zu dem Zweck soll das Pub u.a. eine kleine Bühne für Live-Musik und Equipment für die Vorführung von Filmen mit englischem Originalton haben. Weiterhin ist an ein angrenzendes Spielfeld für Touch-Rugby gedacht, eine noch junge, England-affine Sportart.

Obgleich die Planungen innerhalb des Comenius-Projektes lediglich Planspielcharakter haben, ist die Gruppe der Ansicht, dass sich ihre Idee auch eignet, in die reale planungspolitische Diskussion einbezogen zu werden. Dabei scheint es durchaus denkbar, dass dieses Projekt eingehen könnte in eins der großen bereits bekannten vorgestellten Projekte, wie z.B. das Festivalgelände.

Im ersten Halbjahr 2014 hat die Gruppe sich mit der Idee des britischen Pub auch in der Öffentlichkeit eingebracht, bei den sogenannten Hardter Gesprächen, der Bürgerinformation auf der Frühjahrsausstellung Anfang April und der Sitzung der Bezirksvertretung in Rheindahlen Anfang Mai. Bei all diesen Gelegenheiten wurde der Gedanke, das britische Erbe durch solch ein Projekt zu bewahren, sehr begrüßt. Eine Umfrage unter 124 Mönchengladbacher Bürgern ergab ebenfalls ein hohes Maß an Zustimmung. Auf einer Skala von 0 bis 10 bewerteten die Befragten durch alle Altersgruppen die Idee im Durchschnitt mit hohen 8 Punkten.

Mitte Juni erschien im Lokalteil der Rheinischen Post ein Artikel zu dem Projekt: „Schüler träumen von englischem Pub am JHQ". In der Tat hegen wir die Hoffnung, dass durch das Anstoßen des Themas in diversen politischen Gremien ein Investor gefunden werden kann, der die Idee umsetzt.

Bevor auf der Abschlussveranstaltung des Comenius-Projektes alle Schulen ihre lokalen Projekte vor einer Jury vorstellen, müssen nun die Ideen baulich konkretisiert werden. Im Workshop in Warschau im Oktober werden die Schüler der teilnehmenden Schulen lernen, mit einer Software zu arbeiten, die es erlaubt, die geplanten Gebäude als digitale Modelle darzustellen. Wenn unser britisches Pub so weit gediehen ist, wird es sicherlich auch einer außerschulischen Öffentlichkeit vorgestellt werden, in der Hoffnung, dass es so oder ähnlich einmal Wirklichkeit werden könnte.

DENN SIE WISSEN NICHT
WAS SIE TUN

Als der TV-Journalist Rolf Habicht die Kamera einschaltete, machte sich die Bedeutung der nächsten Minuten als schmerzhafter Krampf in seinem Magen bemerkbar. In den nächsten Minuten würde sich entscheiden, ob die risikoreiche Arbeit, die sein Team mit ihm in den letzten Monaten gestemmt hatte, ob all die Kraft und Gefahr nun in Erfolg oder Niederlage enden würden.

Auf dem Display der Kamera erschien das Gesicht eines alten Mannes, dessen grauer Bart wild in alle Richtungen stand und dessen ebenfalls graue Haare bis auf die Schultern hingen. Die wettergegerbte Haut des Mannes zeigte, dass er offenbar viel Zeit unter freiem Himmel verbrachte, die Lachfalten erzählten von vielen heiteren Momenten. Ein sympathisch wirkender Althippie, ein intelligenter Querdenker, aber auch ein durchsetzungsstarker Quertreiber – und noch einiges mehr, wie Rolf Habicht wusste.

Habicht warf einen letzten prüfenden Blick zu seinem Tontechniker, der etwas abseits stand und dessen Galgenmikrophon knapp oberhalb des Bildausschnitts hing, den Habichts Kameramann filmte. Er kannte sein TV-Team und spürte dessen Nervosität, die er nur zu gut nachvollziehen konnte.

„Starten wir doch!", begann Habicht und fuhr fort: „Noch einmal vielen Dank, Herr Ivan Trotzki, dass Sie sich für das Interview Zeit nehmen. Wir verfahren wie folgt: Wir sehen uns gleich gemeinsam ein paar Filmausschnitte an, die wir in den letzten Monaten aufgenommen haben." Habicht wies auf einen kleinen Monitor in Sichtweite des alten Mannes. „Wir schauen uns ein paar Ausschnitte an, dann haben wir Gelegenheit, über das Gesehene zu sprechen." Trotzki nickte langsam und lächelte gütig. Habicht setzte sich auf einen Klappstuhl außerhalb des Kamerabereichs und startete den Monitor mit einer Fernbedienung. Auf dem Monitor erschien das Bild einer toten jungen Frau, die auf einem glänzenden Obduktionstisch lag. In Ivan Trotzkis altem Gesicht regte sich keine Miene, bemerkte Habicht. Kein Schreck über das unerwartete Bild der Toten, kein Mitleid für die junge Frau, die da bleich auf dem Obduktionstisch lag. Habicht stoppte den Film mit der Fernbedienung. „Das Mädchen heißt Klara, 24 Jahre, BWL-Studentin. Sie war Gast auf einer der sogenannten ‚Decontamination-Partys', die Sie veranstalten lassen." „Das arme Ding", entgegnete Trotzki, wobei Habicht keinerlei Betroffenheit in dessen Stimme hörte. „Sie ist an einer plötzlichen Lungenerkrankung gestorben", ergänzte Habicht. Trotzki hob mahnend eine faltige Hand, die aus dem weiten Ärmel seines lilafarbenen Hemdes hervorlugte. „Mit 19 Jahren schon die Lunge kaputtgeraucht. Deswegen gilt auf meinen Veranstaltungen Rauchverbot!" Habicht startete kommentarlos den Film erneut. Das Bild teilte sich und neben dem Foto der toten Klara erschien das eines toten jungen Mannes, der auf einem identischen Seziertisch lag. Dann teilte sich das Bild erneut. Eine weitere tote junge Frau. Habicht bemerkte dieselbe Emotionslosigkeit in Trotzkis Gesicht, während sich das Bild immer wieder aufteilte, um Platz für weitere Bilder von toten jungen Männern und Frauen zu machen. „Das alles waren Besucher Ihrer ‚Decontamination-Partys', erklärte Habicht, als der Monitor mit insgesamt 16 Bildern von Toten gekachelt war. „Alle an derselben Todesursache gestorben?", fragte Trotzki. „Nein", entgegnete Habicht. „Die Todesursachen sind vielfältig und zum Teil nicht ganz eindeutig." Habicht biss sich auf die Lippen: „Erzählen Sie uns doch vielleicht etwas über die Veranstaltungsreihen", forderte Habicht Trotzki auf. „Ich organisiere für junge Menschen Tanzveranstaltungen, die unter dem Namen ‚Decontamination-Party' laufen. Es gibt diese Veranstaltungen für Freunde der Rockmusik und für Anhänger elektronischer Musik, auch wenn letzteres nicht mein persönlicher Favorit ist", entgegnete Trotzki wie aus der Pistole geschossen. „Sie haben mehr Elektro-Musik-Veranstaltungen, die ein breites Publikum ansprechen. Meist Sprösslinge aus recht reichen Familien, behaupten einige hinter vorgehaltener Hand. Aber viel interessanter ist doch: Was sagen Sie zu den Vorwürfen, dass es sich bei den ‚Rockmusik-Partys' um rechtsradikalen Rock handelt?", gab Habicht sofort den nächsten Redeimpuls. Ivan Trotzki lachte laut auf: „Was auch immer du geraucht hast, nimm was anderes!", prustete er und fragte immer noch lachend: „Wie kommt man auf den Unsinn?" „Die Playlists der DJs. Da sind zumindest vereinzelt indizierte Bands drauf", hielt Habicht dagegen. Trotzki wechselte sogleich die Gesprächsstrategie: „Hast du eigentlich einen Schimmer davon, woher der Name *Trotzki* kommt?" „Sie führen Ihren Namen auf Leo

Trotzki zurück, der die sogenannte ‚Trotzkiste‘ begründete. Die wiederum stellt eine auf Leo Trotzki ausgehende Richtung des Marxismus dar", gab Habicht prompt zurück und ergänzte sogleich: „Der Trotzkismus unterscheidet sich von Josef Stalins vorgegebener Linie des orthodoxen Marxismus-Leninismus, besonders in Bezug auf die Revolutionstheorie und die Parteilehre. Ein wichtiger Bestandteil ist die Theorie der ‚Permanenten Revolution', die eine sozialistische Revolution als weltweiten, permanenten Prozess unter Führung von Arbeiterräten meint." Trotzki lächelte vergnügt. „Außerdem weiß ich, dass Sie ursprünglich Ivan Karloff hießen und Ihren Namen in Trotzki ändern ließen." Trotzki nickte zustimmend. „Genau. Und Trotzki ist da kein Zufall. Also: Hast du sonst noch Fragen, Rolf?" Habicht startete wieder den Film. Es waren nun verwackelte Bilder, die den Eingang zu einem verfallenden Betongebäude mit feuerroten Toren zeigten. Davor drängte sich eine Gruppe junger Menschen in martialischen Rockerkutten. Der Film wirkte, als hätte ihn jemand mit einer versteckten Kamera aufgenommen und dem war auch so, wie Habicht wusste. „Wissen Sie, wo das ist?", fragte Habicht. Trotzki schüttelte den Kopf. „Das ist in der alten Feuerwache des leerstehenden

JHQ-Geländes", erklärte Habicht, der sich sicher war, dass Trotzki genau wusste, wo das war. „Ich habe Location Scouts", entgegnete Trotzki. „Die suchen vor allem alte Industrie- oder Militäranlagen für die Veranstaltungen aus. Solche Orte haben einfach eine... besondere Atmosphäre." „Soweit wir wissen, haben Sie eine ganze Reihe Partys im JHQ veranstaltet. Und zwar alle illegal, wie dort in der alten Feuerwache, oder im alten JHQ-Krankenhaus, im stillgelegten Wasserwerk und in dem außer Betrieb genommenen Kraftwerk, darüber hinaus in unterirdischen Bunkeranlagen und ehemaligen Werkstätten." „Klingt gut!", meinte Trotzki, „aber wie du sagtest: Das wäre ja illegal!" Habicht schwieg. Nun kam eine Stelle im Film, die sehr viel verfänglicher war: Der Undercover-Kameramann stand nah genug am Eingang der alten JHQ-Feuerwache, um ein Gespräch zwischen kahlgeschorenem Türsteher und einer kleinen Gruppe potentieller Gäste mit langen Rastalocken aufzunehmen. Das Gesicht des bulligen Türstehers war bereits zur Unkenntlichkeit verpixelt, die Stimme zu einem tiefen Dröhnen verfremdet. „Ihr kommt hier nicht rein!", bellte der Türsteher gerade. „So linke Zecken wollen wir hier nicht!" „Das ist ein Einzelfall, den ich prüfen werde", sagte Trotzki und schaute dabei nicht Habicht an, sondern frontal in die Kamera, die ihn die ganze Zeit filmte, so als wollte er sich direkt an die Zuschauer wenden. Habicht schwieg, das Bild wechselte, sie sahen nun einen anderen bulligen Mann, dessen Gesicht ebenfalls verpixelt und dessen Stimme verfremdet war. Der Mann stand vor dem verschlossenen Zufahrtstor, das sich dort befand, wo zu JHQ-Zeiten ein Checkpoint gestanden hatte. Man hörte die von einem Sprecher wiedergegebene Frage des Undercover-Journalisten: „Wo haben die Partys stattgefunden?" Der Bullige zeigte hinter sich auf das gesperrte JHQ-Gelände. „An wechselnden Orten, aber immer in Militärgebäuden des JHQ-Geländes." Die nächste Frage des Journalisten: „Kommt man denn da so leicht rein?" Antwort: „Nein. Aber es gibt ein paar schlecht gesicherte Abschnitte. Die Koordinaten bekamen erwünschte Gäste zwei Stunden vor Beginn auf ihr Handy geschickt." Frage: „Gab es auch ‚unerwünschte Gäste'?" Antwort: „Ja, etliche. Alle Türsteher hatten auf ihren Smartphones lange Listen mit Fotos, wer nicht rein darf." Frage: „Wer durfte nicht rein?" Die Antwort des Bulligen: „Das waren ganz Unterschiedliche. Aber alles so Typen aus der linken Öko-Szene." Trotzki schüttelte traurig den

Kopf. „Ich kenne diesen Mann nicht, aber vermutlich ist er Türsteher gewesen und dann rausgeflogen, und jetzt versucht er sich zu rächen. Die Vorstellung, dass ich Rechtsradikale unterstütze, ist so lächerlich, Rolf. Da weiß ich nicht, was ich dazu noch sagen soll!" „Naja, eine Zeitlang ist es uns auch schwer gefallen, das zu glauben, bis wir gemerkt haben, dass da etwas ganz anderes hinter steckt. Uns ist klar geworden, dass Sie diese ‚Linken aus der Öko-Szene', wie der Aussteiger das eben nannte, deswegen ausschließen, um sie zu schützen", fuhr Habicht fort. Trotzki rutschte auf seinem Stuhl hin und her, wirkte zum ersten Mal unruhig. „Blödsinn", sagte er nur. Habicht startete erneut den Film. Sie sahen nun einen schlaksigen Mann mit weißem Kittel in einem Labor sitzen. Neben ihm auf dem gewachsten, tongekachelten Labortisch lagen ordentlich zusammengefaltet eine lederne Motorradhose und eine Lederweste. „Das ist ein Chemiker eines privaten Analyselabors für Auftragsforschung und Analysen", ersetzte Habicht die noch fehlende Einblendung. Der Chemiker erklärte gerade: „Wir haben die Kleidung ihres Undercover-Journalisten analysiert und eine Vielzahl von sehr unterschiedlichen Schadstoffen nachweisen können. Die Konzentration war ungewöhnlich hoch." Aus dem Hintergrund des Films hörte man Rolf Habichts Stimme, der offenbar dieses Interview selbst geführt hatte: „Was sind das für Stoffe?" „Das ist ein regelrechter Cocktail, der sich aus zum Teil sehr geringen Mengen von bestimmten Stoffen zusammensetzt. Wir haben Altöl, Treib- und Schmierstoffe nachweisen können, also Schadstoffe, die man oft bei Bodenproben an betriebenen oder ehemaligen Tankstellen, Fahrzeugabstellplätzen, Waschanlagen und Schrottplätzen findet." Wieder Habichts Stimme aus dem Hintergrund: „Haben Sie auch Stoffe gefunden, deren Verwendung weniger verbreitet ist?" Der Chemiker nickte: „Ja, was uns wirklich verblüfft hat, war, dass wir die giftigen Substanzen Perchlorethylen und Kalziumhypochlorit gefunden haben." Erneut Habichts Stimme aus dem Hintergrund: „Wozu benutzt man solche Substanzen?" „Das sind Chemikalien, die zu einer Emulsion gemischt werden können, um dann Panzer, Geländewagen oder Hubschrauber nach einem Angriff mit chemischen Kampfstoffen zu entgiften", erläuterte der Chemiker. „Also, man benutzt diese Stoffe zur Entgiftung nach einem Angriff durch C-Waffen, jedoch sind auch diese Stoffe giftig?", fragte Habicht nach. Der Chemiker lächelte verlegen: „Ja, das ist zwar etwas ironisch, aber so ist es." Habicht gab im Film mit seinem Statement dem Chemiker den nächsten Redeimpuls: „Das klingt für mich eindeutig nach Chemikalien, wie man sie auf Militärgeländen findet." „Ja, das liegt nahe. Ehemalige Militärareale weisen nicht selten Kontaminationen auf. Schauen Sie in Mönchengladbach auf das 140.000 Quadratmeter große Reme-Gelände zwischen der Lürriper Straße und dem Fleenerweg, wo die Britische Rheinarmee früher die Panzerwerkstatt betrieb. Da mussten auch die Altlasten im Erdreich und Grundwasser analysiert und dann beseitigt werden. Das Reme-Gelände ist dafür bekannt, dass es massiv mit Chlor- und Mineralölkohlenwasserstoffen verunreinigt ist." Trotzki schüttelte verärgert den Kopf: „Wieso hast du deinen Chemiker nicht gefragt, ob man beim bloßen Betreten eines alten Militärgebäudes, wie man sie auf dem JHQ-Gelände hat, so verseucht werden kann, dass man stirbt? Darauf willst du doch hinaus! Und das ist Quatsch! Das kann dir der Chemie-Mann auch bestätigen!", echauffierte sich Trotzki. „Da haben Sie recht!", stimmte Habicht zu und ließ den Film weiterlaufen. Das Bild wechselte erneut. „Das ist der Düsseldorfer Gerichtsmediziner Dr. Eichendorf. Er hat inzwischen alle toten Partygäste untersucht", erläuterte Habicht gerade noch rechtzeitig, bevor der Gerichtsmediziner im Film zu sprechen begann: „Die Toten hatten alle sehr unterschiedliche Giftstoffe aufgenommen, das allerdings in sehr hoher Konzentration." „Wie wurden die Giftstoffe aufgenommen?", hörte man auch diesmal Habichts Stimme aus dem Hintergrund. „Vermutlich über die Haut, zum Teil über die Schleimhäute und über die Atemwege." „Und das war tödlich?", fragte Habichts Stimme. Dr. Eichendorf wog den Kopf unentschlossen hin und her. „Ja und Nein", begann er zu erklären, „das, was hier – aus mir nicht ersichtlichen Gründen – sehr gehäuft passiert ist, kann man sich so vorstellen: Wenn Sie an einem Haus ohne Schutz eine Asbestplatte entfernen, dann wird sie dieser eine Arbeitseinsatz nicht töten. Machen Sie sowas aber oft und über einen längeren Zeitraum, dann wird es kritisch. Die Dosis macht bekanntlich das Gift. Aber das waren alles junge Leute, deren Organe zum Teil so geschädigt waren, als ob sie 30 Jahre in der Schwerindustrie gebuckelt hätten." „Hey Rolf, du enttäuschst mich!", meldete sich Troztki wieder zu Wort, „du kommst hier an und willst angeblich irgendso ein Interview zum Thema Umweltschutz haben, ich empfange dich hier und dann

kommst du mir mit solchen Mordanschuldi-
gungen, die du mit irgendwelchen Experten
und Pseudo-Aussteigern beweisen willst. Und
das nennst du dann wahrscheinlich noch inves-
tigativen Journalismus! Meine Güte, für so einen Scheiß zahle ich auch noch GEZ!" Trotzkis
wachsende Wut, die er ihm als Enttäuschung
verkaufen wollte, machte Habicht Sorgen, denn
nun fehlte noch die zweitwichtigste Szene aus
der entstehenden Reportage, deren Schlüssel-
szenen sie hier und jetzt drehten. Doch anders
als bei einem Spielfilm konnte er hier nichts
neudrehen! Auf dem Bildschirm sahen sie nun
wieder aus der verwackelten Versteckte-
Kamera-Perspektive eine kleine Gruppe junger
Frauen, die in einer Gebäudenische neben einer Stahltür standen und rauchten. „Das haben
wir während einer Party im alten Kraftwerk
des JHQ aufgenommen", erläuterte Habicht und
blickte sorgenvoll zu Trotzki hinüber, der sich,
wohl ohne sich dessen bewusst zu sein, in die
Faust biss. Die Gesichter der jungen Frauen
waren auch hier bereits verpixelt und die
Stimmen verfremdet. Man hörte, wie ein Sprecher die Worte des Undercover-Journalisten
nachsprach. Er begrüßte die jungen Frauen
freundlich und stieg in einen scheinbar belang-
losen Smalltalk ein. „Arbeitet ihr hier?" „Ja, ich

stehe an der Bar", antwortete eine junge Frau mit kurzen, schwarzen Haaren. „Und jetzt habt ihr Pause?", fragte der Undercover-Journalist nach. „So in etwa. Gerade ist ‚Schaum-Schlacht'", erzählte die Kurzhaarige. „Das ist ein Riesen-spaß für die Gäste, aber das Personal muss dann immer bis auf zwei Leute raus. Jeder hat immer nur einmal eine Schaum-Schlacht". „Einmal pro Woche?", hakte der Undercover-Journalist nach. „Nein, einmal für immer", entgegnete die Kurzhaarige auskunftsfreudig, „du verdienst hier echt gut, aber du darfst nur ein-mal alle zwei Monate hier arbeiten. Man darf nicht mal als Vertretung einspringen. Naja, und bei so einer Schaum-Schlacht darf man nur einmal dabei sein." „Hast du eine Idee, wa-rum?", versuchte der Journalist nachzuhaken. „Nein, aber die Regeln sind streng. Wir alle müssen hier nach der Veranstaltung duschen und nur die Seife von hier nehmen. Kleidung bekommt man ebenfalls gestellt." Die anderen jungen Frauen sagten irgendetwas, wollten wohl, dass die Kurzhaarige nicht zuviel erzähl-te, doch das schien die nicht zu interessieren. „Wie hast du den Job bekommen?" „Du brauchst eine Empfehlung bei dem Betreiber. Das ist so ein komischer alter Mann. Naja, und bei dem hast du dann ein echtes Vorstellungsgespräch. Der diskutiert sogar über Politik mit dir, will wissen, wo du deine Klamotten kaufst und so." Nun zickte eine andere junge Frau den Undercover-Journalisten so heftig an, dass der schnell das Thema wechselte. „Ist das eine echte Gasmaske, die du da liegen hast?" Die Kamera neigte sich ein bisschen nach vorn. Man sah nun eine schwarze Gasmaske, wie einen grotesk-großen Insektenkopf zwischen den Füßen der Kurzhaarigen auf dem Betonboden stehen. „Keine Ahnung, ob die echt ist", antwortete die, „aber du weißt ja, dass das hier besondere Szenepartys sind. Und irgendwie ist das wohl für die Gäste besonders abgefahren, wenn der Service solche Gummi-Klamotten und Gasmasken trägt. Es gibt halt krasse Typen, die das mögen. Wie auch immer, die müssen wir tragen." Das Bild zeigte noch einmal die Gasmaske, dann fror es ein. Habicht wandt sich wieder an Trotzki: „Die Gasmasken sind keine schrägen Accessoires. Die sind notwendig, um Ihr Personal zu schützen", folgerte Habicht. „Sie betreiben doch ein Unternehmen, das Industriebrachöden und Gebäude entgiftet, Herr Trotzki", begann Habicht ruhig. „Aber Sie entsorgen das, was Sie an Giftstoffen sammeln, nicht oder zumindest nicht alles. Sie ‚bringen es unter das Volk' bei solchen Schaum-Schlachten. So vergiften Sie Ihre Stammgäste systematisch, kontinuierlich und schnell, aber nicht so schnell, dass der Bezug zu den Veranstaltungen leicht auffällt", fuhr Habicht fort. Gleich würde er zu dem Punkt kommen, der über Wohl und Wehe seiner Arbeit und der seines Teams entschied. „Ihr Personal ist Ihnen wichtig. Das suchen Sie vorher aus, und das schützen Sie auch vor diesen Gift-Cocktail-Partys", endete Habicht. Das war's. Warum Trotzki das tat, wusste er nicht. Jetzt war der Moment, in dem Trotzki so sehr aus der Fassung gebracht sein musste, dass er erstens alles vor laufender Kamera gestand und zweitens darstellte, warum er all das tat. Oder das journalistische Werk wäre unvollendet und bliebe eine streitbare These, die ein geschickter Anwalt vor Gericht auch als Rufmord bezeichnen könnte. Trotzki schwieg. Er blickte Rolf Habicht fest in die Augen, drehte dann den Kopf Richtung Kamera und begann zu sprechen: „Ich habe mein Leben lang Giftmüll entfernt, den Dreck weggemacht! Ich habe gesehen, wie eine Generation von Umweltzerstörern die nächste Generation Umweltzerstörer hervorbrachte. Ich habe gelernt: ‚Macht kaputt, was euch kaputt macht!' Die Leute, die ich zu diesen Decontamination-Partys einlasse, sind die, die schon seit Jahren den Planeten zerstören und noch ihr ganzes zerstörerisches Leben vor sich haben. Sie kommen aus allen möglichen gesellschaftlichen und politischen Richtungen, doch was sie eint, ist die Konsum- und Verschwendungssucht und die Rücksichtslosigkeit. Das habe ich gestoppt! Es waren ‚Decontamination-Partys‘, weil ich auch da mal wieder ein Stück Welt *dekontaminiert* habe!" „Sie geben es also zu, diese Menschen mit Giftstoffen bei ‚Schaum-Schlachten‘ vergiftet zu haben", versuchte Habicht Trotzki vor laufender Kamera festzunageln. Trotzki prustete wütend. „Na klar! Glaubst du, ich habe Angst vor diesem Geständnis? Ich habe mein Leben lang Giftmüll entsorgt. Ich bin deswegen schwer krank. Todkrank. Und ich habe mir vorgenommen, die Welt ein Stück besser zu hinterlassen als ich sie vorgefunden habe." „Sie mögen noble Ziele haben. Aber wie konnten Sie diese jungen Menschen töten und ihnen so jede Chance nehmen, sich zu ändern oder sich vielleicht Ihrer Sache anzuschließen?", fragte Habicht jetzt. „Weil ich nicht mehr daran glauben kann, dass sie sich ändern können", antwortete Trotzki resigniert. „Versteh‘ mich nicht falsch – *ich wünsche mir*, dass *du* Recht hast und nicht ich, doch ich werde das wohl nicht mehr erleben. Mach deine kleine Reportage, Rolf! Ich hoffe, sie schockiert die Leute und bringt sie zum Nachdenken. Das wäre wünschenswert! Aber dass das funktioniert, daran kann ich auch nicht mehr glauben. Es gibt Leute, die ändern sich nie. Denn sie wissen nicht, was sie tun."

Alternative Null

„Lost Places 2054 – welche unheimlichen Orte gibt es in Deiner Region?", las Mario Grenzwald einen Post vor, den er gerade über Facebook auf sein Handy bekommen hatte, das in seine Armbanduhr, seine Smartwatch, integriert war. Er saß mit seinem Kumpel Terry, seinen Freundinnen Hui Quan, Milli und Flinny, dem Hund, im Garten seiner Eltern um einen Grill herum, dessen Holzkohle längst zu einem grauen Aschehäufchen zusammengeglommen war. Eine warme Sommernacht war hereingebrochen, zu der diese digitale Gruselgeschichtenaufforderung perfekt zu passen schien. Und den vier Freunden fielen auch direkt passende Orte ein. „Das verlassene, ehemalige JHQ-Gelände!", meinte Hui und schauderte. „Wieso das denn?", fragte Mario. „Das einzig Gruselige daran sind vielleicht die Tiere, die sich mittlerweile dort angesiedelt haben, aber wenn du nicht ausgerechnet in einem der verrotteten Wohnhäuser herumspazierst, ist das doch völlig ungefährlich." – „Ungefährlich?", Hui starrte ihn ungläubig an. „Mario, da triffst du einen wunden Punkt, Hui hat da ihre ganz eigenen Theorien", sagte Terry grinsend. „Das sind nicht *meine* Theorien!", protestierte Hui, „es

gibt dutzende Blogger, die immer wieder darüber berichten. Es ist ja wohl mehr als gruselig, was da abgeht." – „Was soll denn da abgehen?", fragte Mario genervt. „Na irgendetwas Militärisches. Es weiß ja keiner genau, was da passiert. Einige behaupten, das Militär sei in Wirklichkeit nie vollständig abgezogen oder es sei nach wenigen Jahren unbemerkt zurückgekehrt und unterhält dort eine Geheimbasis. Das ist doch schon komisch, dass sich offenbar keiner auf das Gelände traut, und es wurden immer wieder panzerähnliche Fahrzeuge oder Hubschrauber, die sich beinah lautlos bewegen, beobachtet. Wie erklärst du dir das? Oder, dass alle ursprünglichen Nachnutzungspläne nach einigen Jahren wieder verworfen wurden? Was geschieht heute dort?" – Mario winkte ab: „Wer sieht denn die angeblichen Militärfahrzeuge dort, wenn sich keiner aufs Gelände traut? Irgendwelche verrückten Verschwörungstheoretiker! Und *die* sind es auch, die Geschichten konstruieren, dass die Nachnutzungspläne wegen der angeblichen Militäraktivitäten wieder verworfen wurden. Wahrscheinlich hat es einfach nur wirtschaftlich nicht so gut funktioniert, wie die jeweiligen Betreiber wollten." Hui schnaubte verärgert: „Mann, bist du ignorant, Mario! Ich habe Bilder und Videos gesehen, auf denen eindeutige Fahrzeuge erkennbar sind. Und wieso ein derart riesiges Gelände wirklich komplett ungenutzt bleiben soll, ist doch auch sehr fragwürdig." Mario zog ungläubig die Augenbrauen hoch. „Bilder? Videos? In welcher Zeit lebst du eigentlich? Warte..." Mario tippte auf seine Smartwatch, das Display entfaltete sich auf die vierfache Größe, und er suchte nach einem Icon für eine Videobearbeitungs-App. „So ein Video mache ich dir hier und jetzt in zwei Minuten. Glaubst du den Mist wirklich?" Hui kniff die Augen zusammen: „Weißt du was? Wenn das alles so wahnsinnig ungefährlich ist, beweise es doch! Hier und jetzt! Durchquere heute Nacht das ehemalige JHQ-Gelände und beweise so, dass es nichts zu fürchten gibt." – „Okay, ich beweise dir, dass das alles nur Verschwörungsschwachsinn ist", gab Mario zurück. „Und ich beweise dir das Gegenteil. Wir starten gemeinsam, aber dann nimmt jeder seinen eigenen Weg über das Gelände", entgegnete Hui entschlossen. Milli wurde blass: „Das könnt ihr nicht machen. Seid ihr verrückt? Jetzt mitten in der Nacht? Es ist stockdunkel und ein Gewitter ist angesagt. Das ist viel zu gefährlich!" Mario winkte ab: „Dieses Sommergewitter ist für die zweite Nachthälfte angekündigt. Wenn es stürmisch wird, sitzen wir in der sturmfreien Bude meiner Eltern und schauen uns meine Gegenbeweise zu Huis JHQ-Mythen an." „Wenn es stürmisch wird, sitzen wir in der sturmfreien Bude von Marios Eltern und ihm wird blitzartig klar, dass meine Beweise durchschlagend sind!", warf Hui dazwischen. „Gewitter hin oder her, das war doch nicht mein einziges Argument gegen diese wahnwitzige Idee! Das könnt ihr einfach nicht bringen!", ereiferte sich Milli. Terry legte die Hand auf ihren Arm: „Milli, du weißt, wie stur Hui in diesem Punkt sein kann und du kennst doch unseren Super-Mario! Du wirst die beiden nicht von ihrem Vorhaben abbringen können!" Milli seufzte: „Ich fürchte, du hast Recht! Aber dann stellt wenigstens eure Bio-Data-Apps an. Ich will jederzeit eure Daten übermittelt bekommen und so sicher wissen, wie es euch geht, und wir werden euren Weg auf unseren Displays verfolgen und per Bluetooth-Headset Kontakt mit euch halten." „Und macht die Cam an und steckt sie euch an den Kragen, so sehen wir auch was passiert", ergänzte Terry. „Okay, wird gemacht, so können wir euch auch direkt und live die Beweise liefern. Und jetzt lasst uns keine Zeit mehr verlieren, bevor Milli uns hier zu unserer eigenen Sicherheit einsperrt", sagte Mario mit einem schiefen Grinsen, knipste eine

Stecklampe an und machte sich, gefolgt von den Anderen, auf den Weg zu ihren in der Garage untergestellten Fahrrädern. Milli umarmte jeden von ihnen noch zweimal, während Terry die Kameras an den Krägen befestigte und kontrollierte, ob die Armbänder der Handy-Uhren ihre Pulsfrequenzen und weitere Biodaten maßen und an ihn sendeten. Die Messung lief, die Übertragung funktionierte, auf dem entfalteten Display seiner Uhr baute sich je der Bio-Data-Status von Mario und Hui auf. Der Statusbericht war bei beiden gleich, wie Terry bemerkte: „Körpertemperatur normal. Puls leicht erhöht. Leichtes Transpirieren registriert. Zustand stabil. Es ist von einem leicht erhöhten Stresslevel auszugehen", interpretierte die Bio-Data-App die Messwerte.

Fünfzehn Minuten später verließen sie den bewaldeten Teil der Hardter Straße und bogen in die Queens Avenue ein. Ohne sich abzusprechen, verlangsamten beide ihr Tempo und blieben schließlich mit den Fahrrädern stehen. Sie starrten auf das noch weit entfernte Ende der schnurgeraden Straße, auf der lange vor ihrer Geburt einmal ein Checkpoint gestanden hatte. Es war, als mussten sie einen Moment innehalten im Gedenken an die vielen tausend

Menschen, die einst diese Straße befahren hatten, um einen britischen Stadtteil mitten in Mönchengladbach zu beleben und die nun schon lange fort waren. Mitten in diesem fast andächtigen Moment meldeten sich die Headsets der beiden. Es war Terrys Stimme: „Wusstet ihr, dass es jetzt 41 Jahre her ist, dass das JHQ geschlossen wurde? Und dass es ziemlich genau hundert Jahre her ist, dass die Briten es bezogen hatten? Im Oktober 1954 war das. Die Bauarbeiten begannen 1952, Grundsteinlegung war am 1. Juli 1953. Das gesamte Areal ist um die 460 Hektar groß. Zum Vergleich: Der Central Park in New York hat nur 349,15 Hektar Fläche." Mario räusperte sich: „Danke für die Geschichtsstunde, Terry, aber wir müssen uns jetzt Gedanken machen, wie wir auf das Gelände kommen." – „Vordereingang kommt schon mal nicht in Frage. Da, wo früher die Checkpoints standen, wurden schon direkt nach der Schließung ziemlich heftige Sperren aufgebaut. Die Straße ist an dieser Stelle zum Teil aufgeschüttet worden. Die wollten damals verhindern, dass auf dem Gelände illegale Autorennen gefahren wurden", erklärte Terry. Hui zuckte mit den Achseln. „Dann bleibt uns wohl nur der Zaun. Ich versuche es gleich hier", gab Hui zurück. Mario nickte, blickte suchend die dunkle Straße entlang. „Ich steige weiter da vorne ein", beschloss er und wendete sich zum Gehen. Hui hielt ihn am Ärmel fest: „Sei vorsichtig! Verhalte dich nicht, wie der ignorante Idiot, der du scheinbar bist, sondern gib auf dich Acht!" Sie lächelte, er lächelte zurück und erwiderte: „Dito! Ich bring dir ein militantes Eichhörnchen mit." Hui konnte sich ein Grinsen nicht verkneifen und murmelte ein „Blödmann", während sie ihre Fahrräder sicher zwischen zwei raschelnden Büschen versteckten.

*

Ab jetzt gab es keine Alternative mehr. Obwohl Mario Grenzwald bis eben noch mit felsenfester Überzeugung dafür argumentiert hatte, dass all die Schauermärchen nie und nimmer stimmen konnten, so bereitete ihm die Vorstellung, den Beweis hierfür anzutreten, nun doch plötzlich Unbehagen. Er blickte an dem hoch aufragenden, von Pflanzen fast völlig verschlungenen Zaun hinauf, hinter dem das verwaldete Gelände lag, das einst ein funktionierender, lebendiger Stadtteil gewesen war. Er griff zwischen die Zweige, spürte das kalte Maschenwerk eines Drahtzauns, zerrte prüfend daran und zog sich dann ein Stück hinauf. Es raschelte, Blätter wischten durch sein Gesicht, Zweige zerkratzten seine Arme, als Mario dickere Äste als Trittstufen und Haltegriffe nutzte und wie an einer Kletterwand hinaufkraxelte, um auf der anderen Seite mit vor Anstrengung schmerzenden Armen herunterzusteigen. Von hier aus wirkten Zaun und Gestrüpp noch höher und unüberwindbarer als von der Queens Avenue, dachte Mario. Die kratzigen Büsche erinnerten ihn spontan an das alte Märchen, das er als Kind gehört hatte: Dornröschen. Da hatte es auch eine unüberwindbare Riesenhecke gegeben – weil das Schloss verflucht worden war und alle in einen 100-jährigen Dornröschenschlaf gefallen waren. Nur, dass ich mich sehr wundern würde, wenn ich hier eine schöne Prinzessin finden würde, dachte Mario, der das mitgenommene Stecklicht seines Fahrrads anknipste, während er lostrottete. Er war erst ein paar Schritte gegangen, als nur einige Meter vor ihm etwas hell aufblitzte. Mario zuckte zusammen und schaltete das Licht seiner Lampe aus. In der Dunkelheit erkannte er nur Baumstämme, herunterhängende Äste und nach oben wuchernde Farnwedel. Zögernd knipste er das Stecklicht erneut an und ließ den weißen Lichtpunkt über den farnüberwucherten Waldboden schnellen, über moosbedeckte

142

Baumstämme, auf eine Wand aus Efeu und auf eine betongraue Fläche... Dann erneut das Aufblitzen. Mario entspannte sich etwas. Es war das Licht seiner eigenen Lampe, reflektiert von einer Glasscheibe. Mario ließ den Lichtpunkt weiterwandern. Verwitterte Holzleisten umrahmten die Scheibe, ein Stück darüber wischte der Lichtpunkt über eine zerbröckelnde Gebäudefassade, dann über die Fensterscheiben in der ersten Etage bis hinauf zum Dach. Ein kleines Einfamilienwohnhaus, dessen Garten der früher einmal angrenzende Wald längst zurückerobert hatte. Viele Bäume um das Haus herum waren inzwischen so hoch gewachsen, dass sich ihre riesigen Kronen deutlich über dem Hausdach ausbreiteten und das groteske Gefühl vermittelten, dass das Wohnhaus selbst nun unter einem von Säulen getragenen Gewölbe stand. Mario zuckte erneut zusammen, als er unvermittelt eine Stimme in seinem Ohr hörte: „Ich hab dir eine App rausgesucht, die dir helfen kann!", erklang Terrys Stimme aus dem Headset. „Ok – schick mal rüber!", stieß Mario hervor. Im Hintergrund hörte er Millis Stimme, dann wieder Terry, der offenbar erst mit Milli und dann wieder mit ihm sprach. „Nein, ich frage ihn nicht, wie es ihm geht! - ...Mario? Hey Junge, die App müsste jeden

Moment bei dir sein. Die kann dir helfen, da heil rauszukommen. Also, lass dir helfen!" Mario blickte auf das Display seiner Smartwatch. „Eine Urban-Explorer-Survival-App", kam Terrys Erklärung über das Headset. „Haben ein paar Typen entwickelt, die sich darauf spezialisiert haben, in Ostdeutschland leerstehende Häuser und Fabriken zu fotografieren. Es nimmt über die Videofunktion eine Objekterkennung deiner Umgebung vor, gleicht die Daten mit einer Datenbank ab und liefert dir passende Infos zu deinem Umfeld. So kannst du einschätzen, was mit dem Gebäude um dich rum los ist und ob es eine so gute Idee ist, drin zu bleiben!", fuhr Terry fort. „Ok – das klingt gut! Probieren wir es doch mal aus!", beschloss Mario.

Als er nur leicht gegen die Terrassentür drückte, sprang diese sofort auf, eine von Schimmel zerfressene Holzleiste des Rahmens brach ab und stürzte auf den Boden, wo sie beim Aufprall zerkrümelte, als bestünde sie aus vertrocknetem Brotteig. Die Tür sackte nach unten und wurde nur noch von einer rostigen Angel gehalten. Mario schlüpfte ins Haus und bemerkte sofort den Geruch von Staub, Schimmelsporen und Tierexkrementen. Vor ihm lag das einstige Wohnzimmer, dessen Fußboden unter einer Staubschicht begraben lag und an dessen Wände er noch eine vergilbte Tapete mit Karomuster erkannte. Beim näheren Herantreten an die Wände bemerkte Mario rechteckige Flächen, an denen das Karomuster etwas weniger ausgeblichen war als an der übrigen Tapete, da, wo wohl früher einmal Bilderrahmen mit vielleicht Familienfotos die Tapete vor dem Verblassen durch Sonneneinstrahlung geschützt hatten. Wenige Schritte entfernt moderte ein Sofa vor sich hin, das mit seinen schneckenförmigen Armlehnen und der geschwungenen Rückenlehne früher vermutlich recht elegant ausgesehen haben mochte. Doch auch hier war der Stoff längst ein Nährboden für Pilze und das Innenfutter zur Bruthöhle kleiner Waldtiere geworden, stellte Mario fest. Denn neben dem gedrechselten Fuß des Sofas war ein Loch durch den Stoff gefressen und davor lag das Füllmaterial als gelbliche Flocken im Staub. Mario wollte sich gar nicht vorstellen, was für Tiere hier hausten. „Achtung!", meldete sich seine neue Urban-Explorer-App mit einer jungen Frauenstimme. „Gehen Sie davon aus, dass sich der Schimmel auch hinter gestrichenen Flächen ausbreitet und dort Rigipsplatten und Stützpfeiler schädigt. Auch der Boden kann so geschädigt sein." Mario ignorierte die Stimme und trat durch den Türrahmen in einen kurzen Flur.

∗

Die Kletterpartie über den Zaun war geschafft. Hui klopfte sich die Hände ab. Dass sie den Zaun so schnell überwunden hatte, lag sicherlich daran, dass Mario sie noch hätte sehen können und so lange das der Fall gewesen war, wollte und konnte sie sich keine Blöße geben. Unangenehm war es trotzdem gewesen. Es war ein Maschendrahtzaun, der stark verrostet war und rau unter den Händen. Zudem war er stark von Pflanzen – darunter auch Brennnesseln – überwuchert. Nun kämpfte sie sich durch dichtes Buschwerk, das vielleicht einmal eine Art Hecke gewesen war. Als sie den letzten Zweig aus ihrem Blickfeld geschoben hatte, sah sie, wo sie ausgekommen war: mitten in einer ehemaligen Wohnsiedlung. Auf den ersten Blick und in der Dunkelheit sah es fast aus wie eine normale Straße in einem Wohngebiet. Häuser auf beiden Seiten einer asphaltierten Straße, nur die Autos vor den Häusern und die Lichter in den Zimmern fehlten. Doch bei genauerem Hinsehen und nach Einschalten ihrer an der Jacke befestigten Lampe war der jahrzehntelange Verfall überall sichtbar: Zahlreiche Risse in der Straße, aus denen Pflanzen wuchsen, zerbrochene Fensterscheiben, teils abgedeckte Dächer, völlig überwucherte Vorgärten. Hui atmete tief ein. Wie war sie nur in diese Situation geraten? Ihre Mutter hätte gesagt, sie käme mal wieder eindeutig auf ihren Großvater. Dieser Gedanke ließ sie trotz des schaurigen Anblicks vor sich grinsen. Ihr Großvater war kein kopfloser Abenteurer, sondern ein Mann, der klug und überlegt handelte, aber er scheute auch keine Herausforderung. Hui gefiel der Gedanke, ihm ähnlich zu sein. Dennoch kostete es sie immense Überwindung, einen Fuß vor den anderen zu setzen. Sie ging langsam die Straße entlang, zu langsam, wie sie fand, und so zwang sie sich einen Schritt zuzulegen. Sie überquerte eine kleine Kreuzung geradeaus und entdeckte ein schief hängendes, verwittertes Schild mit der Aufschrift „Argyll Drive". Toll, eine weitere Straße voller Wohnhäuser, dachte sie. Sicher waren offene Flächen gefährlicher, denn sie vergrößerten die Chance, dass sie entdeckt würde, aber gerade erschien ihr das als die bessere Alternative. Wie in einem Zombie- oder Geisterfilm, schoss es ihr durch den Kopf. Immer wieder schien sich hinter den zerstörten Fensterscheiben der Wohnhäuser etwas zu bewegen, und durch das Mondlicht zeichneten sich unheimliche Schatten ab. Ihr Herz schien immer lauter zu schlagen und mischte sich mit dem Säuseln des Windes und anderen, nicht näher identifizierbaren Geräuschen. „Hui, alles klar bei dir? Wir nehmen eine erhöhte Pulsfrequenz wahr", ertönte Millis Stimme aus dem Headset. Hui griff sich ans Herz. In dieser gruseligen Atmosphäre hatte sie das Headset völlig vergessen. „Jetzt ist die Frequenz sogar noch höher", bemerkte Milli alarmiert. „Ja, alles okay, ich hab mich bloß erschrocken!", antwortete Hui. „Sieht auch reichlich ungemütlich aus bei dir", kommentierte Terry. Hui blieb stehen. Sie hatte etwas gehört, vielleicht war Mario doch in derselben Straße ausgekommen wie sie. „Wartet mal, ich höre etwas", informierte sie Milli und Terry. Es klang wie ein Kratzen und Scharren. Sie folgte dem Geräusch zu einer Haustür, die einen Spalt offen stand. Sie schluckte. „Mario?", flüsterte sie. Keine Antwort. Sie machte einen weiteren Schritt auf die Haustür zu und das Geräusch wurde lauter. Aber aus ihrem Winkel konnte sie durch den Spalt, den die Tür offen stand, nicht erkennen, woher das Geräusch kam. „Mario?", fragte sie diesmal etwas lauter und das Geräusch erstarb.

148

*

Mario blickte sich um: Rechts mündete der
Flur in ein düsteres Treppenhaus, das in das
obere Stockwerk führte, links in eine kleine
Küche, in deren glanzlosem Spülbecken eine
Humus-Laub-Schicht vor sich hin verrottete.
Eines der zwei Fenster war zerbrochen, offenbar durch den Aufprall eines verunglück-
ten Vogels, wie Mario vermutete, denn neben
den auf den schmutzigen Küchenfliesen liegenden Scherben fand er auch einen Vogelka-
daver, der nur noch aus Gefieder und weißli-
chen Knochen zu bestehen schien. Direkt vor
dem Fenster begann der Wald. Ein Baumstamm wuchs so nah vor dem Fenster, dass
Mario annahm, dass man dieses nicht mehr
nach außen öffnen konnte, ohne gegen den
Stamm zu stoßen. „Achtung Gefahr!", meldete
sich die App wieder mit der sympathischen
Frauenstimme, deren unaufgeregter Ton weder zu diesem düsteren Ort noch zu ihrer
alarmierenden Botschaft passte: „Bei einem
Gebäude, das mehr als zwanzig Jahre nicht
gewartet wurde, können sich Löcher im Dach
gebildet haben. Diese treten meist zuerst in
der Nähe des Schornsteins auf. Die so einge-
drungene Feuchtigkeit dringt ungeachtet ei-

ner wasserabweisenden Kunstharzglasur in oft darunterliegende Spanplattenkonstruktionen nahe der Nägel ein. Diese rosten und verlieren an Stabilität, womit die Konstruktion dann eine Spreizung des Dachstuhls nicht mehr verhindern kann." „Das sagst du mir jetzt erst!", entfuhr es Mario aufgebracht, warf den Kopf in den Nacken und musterte die Küchendecke, über die sich – obwohl sie nur eine Zwischendecke war – ein gezackter Riss zog. Mario folgte der Zickzack-Linie mit Blicken: vom Fenster bis zur Küchentür, wo der Riss in einem schwarzen Geflecht aus Schimmel unsichtbar wurde, der sich dort auf der Fläche von der Größe einer Bettdecke ausbreitete. „Die Stabilität geht dann verloren, sobald sich die Verschalung auflöst. Letztlich bewirkt die Schwerkraft, dass Stifte, die die wichtigen Metallverbindungen halten, aus dem nassen Holz reißen, das zudem von Schimmel durchsetzt sein wird. Der Schimmel sondert Hyphen – Enzyme – über dünne Haare ab, die Zellulose und Lignin, also das Holz, zur Pilznahrung umwandeln." Den letzten Teil der App-Ansage hörte Mario kaum noch, er verließ das alte britische Wohnhaus mit schnellen, vorsichtigen Schritten aus der Vordertür, die er offen stehen ließ aus Angst, dass schon die leichte

150

Erschütterung das Gebäude wie ein Kartenhaus über ihm zusammenbrechen lassen würde. Er stand nun bis zu den Hüften in Gräsern versunken, dort, wo früher einmal der Vorgarten des Reihenhauses gewesen war und ließ den Blick umherwandern. Auch hier waren die Bäume höher als die Hausdächer und vermittelten das Gefühl, der Wald wollte mit einem riesigen Laubpavillon die menschlichen Siedlungen verstecken, als seien sie alte Spielzeughäuser, die jemand in eine riesige Kiste geräumt hatte, um schließlich den Deckel darüber zu legen. Einzelne Lücken im alles überspannenden Blätterdach ließen das blasse Licht von Sternen und Mond bis auf den Waldboden kommen. Mario bemerkte, dass er sich an einer Häuserzeile befand, in der sich baugleiche Wohnhäuser mit Satteldächern aneinander reihten. Das Nachbarhaus zu seiner Linken war bereits stärker von der Natur zurückgefordert worden, Zweige eines Strauchs wucherten aus dem Küchenfenster, die Mauer war von Efeu fast völlig verschlungen und aus dem zerfallenden Schornstein spross eine weitere Blätterpflanze. Das übernächste Reihenhaus lag zusammengebrochen als Schutthaufen da. Nur noch wenig erinnerte an das, was es einmal gewesen war. Der Zusammenbruch musste sich schon vor Jahren ereignet haben, denn auch hier wucherte wildes Buschwerk aus der Ruine, das bereits so hoch gewachsen war, dass es fast die einstige Höhe des Hauses erreicht hatte, aus deren Trümmern es wuchs. Zuerst wunderte sich Mario über die Waldwiese, die sich vor den Häusern entlangzog. Zwar gab es auch hier immer wieder Bäume, aber deren Stämme waren dünner, was darauf schließen ließ, dass sie jünger waren als die Bäume mit ihren Säulenstämmen, die dieses Blättergewölbe hier trugen. Auf dieser Wiese wucherten vor allem Gräser, Farne und kleinere Sträucher. Dann verstand Mario. Diese Wiese zog sich entlang der Strecke, wo einmal die Straße verlaufen war. „Hey Milli, hey Terry!", rief er in sein Headset. „Ich folge der...", Mario zögerte und blickte auf die langgezogene Wiese, die sich vor ihm im Licht von Mond und Sternen durch den Wald an den verfallenen Häusern entlangzog. „Ich folge der ,Straße'!", sagte er schließlich und stapfte los. „Alles klar!", antwortete Terrys Stimme. „Dann wirst du bald im ehemaligen Ortskern sein, irgendwo beim Oakham Way!"

*

Mit einem Schubs öffnete Hui die Tür und blickte einem Fuchs mit blutverschmierter Schnauze genau in die Augen. Hui und Milli, die die Situation über die Kamera beobachten konnte, keuchten synchron. Zu Füßen des Fuchses lag etwas, das vielleicht einmal eine Ratte gewesen war. Hui bewegte sich langsam wieder rückwärts, ohne das Tier aus den Augen zu lassen, dann drehte sie sich auf dem Absatz um und rannte die Straße hinunter. Sie wusste nicht, ob das Tier ihr folgte, aber sie traute sich auch nicht sich herumzudrehen. Als sie auf einer T-Kreuzung ankam, keuchte sie atemlos ins Headset: „Links oder rechts? Wo lang zur Hauptstraße?" – „Moment, also wenn du...", begann Terry ruhig. *Links oder rechts*?", rief Hui. „Links, ähhm...", antwortete Terry und Hui wendete sich sofort nach links und lief die Straße hinunter. Dies war zumindest keine Wohnsiedlung mehr, sondern offenbar eine Querstraße, von der die Wohnstraßen abgingen. Nach einigen weiteren Sekunden verlangsamte Hui ihren Schritt und atmete tief durch. Zu ihrer Rechten noch ein Stück entfernt entdeckte sie in einem umzäunten Garten eine Wippe, eine Schaukel und eine Rutsche. Bei genauerer Betrachtung erkannte sie ein Schild mit der Aufschrift „Childcare

Centre". „Leute? Das kann nicht die Hauptstraße sein", flüsterte sie ins Headset. Der Ort, der eigentlich ausgelassenes Kinderlachen verheißen sollte, wirkte nach so vielen Jahren und so verlassen verstörend. Die Gräser überwucherten die Spielgeräte, der ganze Garten war verwildert und einige Fenster des Childcare Centres zerstört, wahrscheinlich von Kupfer-Dieben. „Mein Fehler!", antwortete Terry. „Vergib ihm, Hui, er hat es nicht so mit rechts und links, also Kommando zurück und dann rechts anstatt links. Wir leiten dich", ergänzte Milli. Hui seufzte und machte auf dem Absatz kehrt, als sie plötzlich ein Geräusch wahrnahm. Es klang wie ein Quietschen von etwas, das durch Wind in Gang gesetzt worden war. Hui drehte sich langsam wieder zu dem Garten des Childcare Centres und versuchte, mit zusammengekniffenen Augen dem Geräusch einen Gegenstand zuzuordnen. Hui überlief eine Gänsehaut, als sie den Ursprung des Geräuschs entdeckte, es war die Schaukel im Garten, aber sie war keineswegs durch Wind bewegt worden. Auf der Schaukel saß jemand oder etwas. Und dieses Etwas hatte die Größe eines Kleinkindes.

Mario erschauerte beinah ehrfürchtig, als sich die Bäume lichteten und er sich bewusst machte, dass er gerade tatsächlich in den Teil des JHQ vordrang, der früher einmal der belebte Ortskern gewesen war. Der Lichtkegel von Marios Lampe strich über schwarzgekachelte Gebäudewände mit großen Scheiben, die wohl einst Schaufenster gewesen waren - leerstehende Ladenlokale, wie Mario vermutete. Er schwenkte den Lichtkegel nach rechts. Hüfthohe Gräser und bis mannshohe Büsche – also Pflanzen, die nicht so hoch wucherten wie der übrige Wald – deuteten darauf hin, dass es sich hier wohl um eine ehemalige Straße handelte, die einst neben der Gebäudeinsel mit den Ladenlokalen verlaufen war. Der Lichtkegel tastete sich die überwucherte Straße entlang und wanderte dann über eine weit ausgedehnte Wiese, unter der womöglich ein Parkplatz begraben lag. Das Rufen einer Eule ließ Mario zusammenfahren, der Lichtkegel zucke umher und traf dabei ein ovales Schild, auf dessen schmutzig-blauem Grund er die bräunlichen, sicher einst weißen Buchstaben „NAAFI" erkannte.

*

Hui keuchte und das Etwas drehte den Kopf, das flackernde Licht ihrer Lampe traf auf gelbe Augen. Dann hörte Hui ein Geräusch wie ein Knacken, gefolgt von einem Fauchen, und das Wesen richtete sich auf. Es entfaltete Flügel von einer Spannweite, die Huis kompletter Körpergröße sehr nah kam. Sie starrte wie gebannt in die gelben Augen, während das Tier mit den Flügeln schlug ohne abzuheben. *„Lauf!"*, rief Milli über das Headset, und endlich löste Hui sich aus der Starre und lief in die entgegengesetzte Richtung davon und diesmal an der T-Kreuzung rechts runter und wieder links auf die Hauptstraße. Bevor sie links einbog, registrierte sie noch ein Stück entfernt das „Big House". Nach einer Weile schaute sie sich im Laufen um und blieb dann keuchend stehen. „Verdammt, was war das?", schnaufte sie. „Ein Uhu!", antwortete Terry, „nach der Größe zu urteilen ein Weibchen, die sind bei Uhus nämlich größer und das Fauchen und Schwingen-Ausbreiten war eine Drohgebärde." – „Wie beruhigend!", entgegnete Hui.

∗

Das Schild, das Mario sah, befand sich an der oberen Kante eines zweistöckigen Baus, dessen Flachdach mit Gräsern, Farnwedeln und kleineren Bäumen übersät war, was in Mario die groteske Assoziation auslöste, das Gebäude sei ein riesiger Schädel, von dem ein wirrer Haarschopf abstand. Ebenerdig führten gläserne Schiebetüren in das Gebäude, über die sich jedoch Risse zogen, die aussahen wie monströs große Spinnennetze. „Du bist wirklich im Ortskern!", hörte er Terry über seine Smartwatch. „Das ist ein altes Gebäude der NAAFI. Ich hab' gerade mal im Internet gesucht: Das steht für Navy, Army and Air Force Institutes. Gegründet wurden sie von der britischen Regierung, um Mitglieder des britischen Militärs und deren Familien zu versorgen", fuhr Terry fort. „Also ein Shopping-Center?", fragte Mario. „Mehr als das", kam Terrys Antwort. Die NAAFI kümmerten sich im In- und Ausland um Soldaten und deren Familien und organisierten auch Erholungs-, Sport- und andere Freizeitangebote wie auch Restaurants, Cafés, Clubs, Bars aber auch Wäschereien. Hey, das ist ja irre: Der internationale Hauptsitz der NAAFI war in Rheindahlen." „Klingt ja spannend", antwortete Mario, der nur mit halbem Ohr hatte zuhören können. Die Aura, die von dem verwaldeten Ortskern ausging und in den er mit jedem Schritt weiter eindrang, hatte etwas Melancholisch-

Verstörendes. Auch wenn er es rational nicht hätte untermauern können, so wuchs in ihm das mulmige Gefühl, dass die Soldaten und ihre Familien mit ihrem Exodus für etwas Bedrohliches Platz gemacht hatten, was sich hier längst eingenistet und ausgebreitet hatte. Mario konnte keine Worte finden für das, was er hier hinter den brüchigen Mauern und schmutzigen Fensterscheiben dieser neuzeitlichen Geisterstadt befürchtete. Er hatte nicht einmal eine vage Vermutung, was zwischen den Büschen und Bäumen oder durch die Wiesen und Farne, ja vielleicht sogar in den Ästen herumhuschen, sich auf die Lauer legen oder gar anpirschen könnte. Alles, was er hatte, war die drückende Unruhe, die in seinem Magen tobte mit jedem Schritt, den er ging. Mario machte mit seiner Smartwatch ein paar Fotos von der verstörenden Szenerie des mit Pflanzen überwucherten Ortskerns. Eigentlich sollten das längst genug Beweise sein, die belegten, dass das Einzige, was hier seit dem Abzug der Briten passierte, die unaufhörliche Invasion des Waldes in den ehemaligen Stützpunkt war, dachte Mario. Nichts, was für die Wahrheit der Schauermärchen sprach, die durch das Internet spukten. Doch letztlich hatte er nur einen sehr kleinen Bereich des riesigen Geländes durchstreift. Hui würde ihm das vorhalten, und daher sollte er sich noch ein paar andere Orte hier anschauen, beschloss Mario und stapfte los. Er ging über die langgezogene Schneise, die sich durch den Wald zog und eine Breite aufwies, dass zwei Autos problemlos aneinander hätten vorbeifahren können. Es war wohl die einstige Queens Avenue, die früher von dem im Osten des JHQ gelegenen Checkpoints bis zum Checkpoint an der westlichen Grenze des Stützpunkts verlaufen war. Über diese Straße würde er die wesentlichen Plätze dieser Geisterstadt durchqueren und die Gefahr, sich zu verirren, erschien ihm etwas geringer. Die verstörenden Motive wiederholten sich: teilweise oder fast vollständig überwucherte Wohnhäuser, eingesackte und eingestürzte Baracken und von Büschen fast vollständig verschlungene Garagen mit durchgerosteten Toren. Immer wieder bemerkte Mario auf seinem Weg verwilderte Nutzpflanzen wie Brombeer-, Himbeer- und Johannisbeersträucher, Apfelbäume und Birnbäume, die sich schon vor Jahren versät und mit neuen Trieben die Gärten der weggezogenen Menschen verlassen hatten. Ebenso Zierpflanzen wie Margeriten, Phlox oder Rhododendron.

Mario wusste weder wie lang noch wie weit er gegangen war, als sich die grasbewachsene Straße plötzlich auf der rechten Seite zu einer Lichtung ausbreitete. Vermutlich lag unter dieser Wiese ein öffentlicher Platz begraben oder schlicht und ergreifend ein Parkplatz, dachte Mario. Der langgezogene Umriss eines zweistöckigen Gebäudes mit kleinen, rechteckigen Fenstern im Erdgeschoss schälte sich vor Mario aus der Dunkelheit. Er trat näher darauf zu und runzelte die Stirn. Zwischen der Fensterreihe im Erdgeschoss und einer Fensterreihe in der ersten Etage prangte ein Schild, das jedoch von Efeu fast bis zur Unkenntlichkeit überwuchert war. „Rheindahlen" konnte Mario noch die schwarzen Blockbuchstaben auf dem vergilbten Grund entziffern, alles andere verdeckten die Efeublätter. Ein plötzliches Summen wie das eines riesigen Insekts ließ Mario zusammenzucken. Das Geräusch näherte sich binnen weniger Sekunden, wurde lauter und entfernte sich sofort wieder. Als wäre etwas über das Gebäude geflogen, dachte Mario. Sein Herz raste, er suchte mit Blicken den Himmel ab. Nichts war zu sehen! Sicher war das nur ein Tier gewesen, vermutete Mario mit aufsteigender Panik. Ja! Ein Vogel. Ein großer Vogel. Eine Eule oder so etwas. Hier auf dem JHQ-Gelände konnten sie sich ungestört entwickeln, fanden viel zu fressen und waren deswegen wahrscheinlich ziemlich groß. Und weil sie keine Erfahrungen mit Menschen gemacht hatten, hatte so eine große Eule auch keinen Grund, scheu zu sein und ist deshalb so nah über meinen Kopf hinweggeflattert, überlegte Mario und lauschte. Das Summen war wieder da. Gedämpfter als zuvor, aber es kam aus der Nähe. Doch das Beunruhigendste war: Es war definitiv nicht das Flattern von Flügeln. Es klang in der Tat wie ein Insekt, nur dafür viel zu laut. Mario schluckte einen Kloß herunter, knipste seine Lampe aus und wartete ab. Das Summen schien sich zu entfernen und verschwand schließlich im Rauschen des Windes, der durch die unzähligen Blätter der Bäume um ihn herumstrich. Weglaufen oder weitermachen? Eigentlich wollte ja *er* Hui beweisen, dass hier nichts Unheimliches vor sich ging und nun schien ausgerechnet ihm ein möglicher Gegenbeweis um die Ohren geflogen zu sein. Aber was sollte das gewesen sein? Eine Riesenwespe? Wohl kaum! Mario knipste die Lampe wieder an, eilte um das Gebäude herum und tauchte in die angrenzenden Büsche ein. Ja, das, was er da gehört hatte, war unheimlich und gerade deswegen wollte er wissen, was die Geräuschquelle gewesen war. Sicher würde er etwas völlig Banales finden, was der beste Beweis dafür sein würde, dass eben doch nichts Ungewöhnliches hier vor sich ging. Die Büsche endeten, eine wildwuchernde Wiese mit schulterhohen Gräsern breitete sich vor ihm aus. Und mitten in diesem Gestrüpp erhob sich ein kleiner Turm, der Mario etwas an eine Aussichtsplattform erinnerte. Vielleicht ein ehemaliger Wachturm? Diese Vermutung überzeugte Mario nicht völlig, jedoch wusste er nicht, was es sonst sein könnte. Er kniff die Augen zusammen. Von hier aus sah es so aus, als hätte der Turm die Form eines leicht schräg stehenden „T"s. Mario konnte nicht einschätzen, wie hoch der Turm wirklich war. Fünf Meter? Oder mehr? Er machte ein paar Fotos und zoomte mit seiner Smartwatch näher an den Turm heran. Auf dem Display erkannte Mario, dass eine Leiter hinaufführte. Er schritt los, kämpfte sich durch die raschelnden Gräser und berührte schließlich die kalte Metallleiter am Betonturm. Er zerrte prüfend daran. Die Leiter und ihre Verankerungen schienen solide. Mario stieg hinauf. Jetzt bemerkte er, dass es mindestens zwei Zwischenebenen gab, die

fast wie kleine Aussichtsplattformen aussahen. Doch er wollte bis zu der obersten Plattform. Als er den Fuß auf diese setzte, wurde
ihm erst klar, wie weit er sich über dem Gestrüpp befand. Etwas stimmte hier nicht. Unterhalb der Plattform bemerkte er, dass die
Vegetation auf einer rechteckigen Fläche von
etlichen Quadratmetern viel flacher wirkte als
die Vegetation, durch die er sich eben gekämpft hatte. Was war das da unter ihm? Mario wagte ein paar Schritte über die Plattform
und spürte, wie der Boden unter ihm bei jedem Schritt leicht mitschwang. Er blieb nervös stehen wie ein Reh, das im Licht eines
herannahenden Autos erstarrt. Und dann
leuchtete plötzlich in der Richtung, aus der er
gekommen war, ein Licht zwischen den Bäumen auf. Mario glaubte noch, dass seine Augen
ihm einen Streich spielten, als fast wie bei einem Dominoeffekt ein Licht nach dem anderen aufleuchtete und den Verlauf der Queens
Avenue hell in der Dunkelheit nachzeichnete.
Trotz der Sorge, dass die Plattform einfach
abbrechen und mit ihm in die Tiefe stürzen
könnte, bemerkte Mario jetzt, was für ein
grandioser Ausblick sich ihm von hier oben
bot: Er konnte über viele der Bäume hinaus-
schauen, zwischen den Baumkronen erkannte

er immer wieder spitze Hausdächer, glaubte sogar kleine Kirchtürme auszumachen, die sich aus dem Wald herausstreckten. Schneisen mit flacher Vegetation verrieten einstige Straßenverläufe, ausgedehnte, unnatürlich rechteckige Lichtungen ehemalige Parkplätze. Das Summen kam wie aus dem Nichts und verschwand genauso schnell wie es gekommen war. Doch diesmal spürte Mario sogar, wie die Luft vibrierte, als irgendetwas nahe seines Kopfes vorbeizog. Er taumelte, der Boden unter ihm schwankte leicht und er bekam das kalte Geländer zu fassen. Schwer atmend hielt er sich fest, ihm war schwindelig, alles schien sich zu drehen. Er suchte mit ängstlichen Blicken den dunklen Nachthimmel ab, ohne zu wissen, was er überhaupt suchte. Ein verästelter Blitz zuckte quer über den Himmel, Sekunden später rollte ein grollender Donner über den nächtlichen Wald. Ein leichter, kühler Wind rauschte durch das Laub und kündigte das Gewitter an, bei dem Mario längst im gemütlichen Wohnzimmer seinen Freunden die Beweise für das Nicht-Vorhandensein irgendwelcher unheimlicher Vorgänge hier hatte präsentieren wollen. Doch das Einzige, was ihm noch sehr viel mehr Angst machte als das aufziehende Unwetter war, dass sich in das

Donnergrollen das unheimliche Summen mischte und schnell näher kam. So muss sich ein Käfer beim Anflug einer Wespe fühlen, dachte Mario noch, als ihn auch schon ein schmerzhafter Stoß in den Rücken nach vorn schubste. Das Summen ertönte nun ganz aus der Nähe, Mario vermutete das, was es verursachte, jetzt direkt unter der Plattform. Dann schien es wieder davonzuschwirren, doch bevor Mario einen Fuß Richtung Leiter hatte setzen können, war es wieder da und direkt hinter ihm. Er spürte erneut einen Stoß, der ihn auf das Ende der Plattform zubugsierte. Mit Entsetzen stellte er jetzt erst fest, dass es da kein Geländer gab. Ein weiterer Stoß, er stand am Ende der Plattform wie ein Matrose, den Piraten von der Planke ins Meer werfen wollten. Ein weiterer Stoß, Mario ruderte hilflos mit den Armen in der Luft, verlor das Gleichgewicht und fiel. Er sah das dunkle Rechteck unter sich auf sich zukommen, hoffte, dass die Vegetation seinen Sturz abfedern würde und er nicht mit gebrochenen Beinen auf die Rückkehr dieses Dings warten müsste, hoffte, dass all dies nur ein schlimmer Traum war, aus dem er spätestens beim Aufprall erwachen würde.

*

Auf der Hauptstraße, der Queens Avenue, sah Hui in einiger Entfernung Straßenlaternen entzündet. „Wo kommt das Licht her?", fragte Milli. Hui stellte die Lampe an ihrer Jacke aus. „Das sind Straßenlaternen, ich muss jetzt vorsichtig sein. Ungeschützt auf der Hauptstraße herumzuspazieren, erhöht immens die Gefahr, entdeckt zu werden. Und der erste Beweis, dass es hier nicht menschenleer sein kann, leuchtet in Form der Straßenlaternen hell vor mir auf." Hui schritt langsam vorwärts und musste sich immer wieder daran erinnern, dass sie Vorsicht walten lassen musste. Denn die englischen Reihenhäuschen – nicht zu genau betrachtet – und die in warmes Licht getauchte Straße mit den Grünflächen überall wirkten beinahe idyllisch, und es kam ihr vor, als würde sie an einem ruhigen Sonntagabend in einem englischen Vorort spazieren gehen, obwohl es an Pflege der Häuser und Grünflächen sicherlich zu wünschen übrig ließ. Aber bedrohlich wirkte dieser Anblick nicht, dabei hätte die Tatsache der intakten Straßenlaternen, die über ihrem Kopf die Straße beschienen, ihr eigentlich eine Gänsehaut verpassen müssen. Hui ging weiter, vorbei an der Einfahrt in den Oakham Way, der damals zu den Geschäften und dem NAAFI führte. Sie bestaunte die vielen Rasenflächen und dachte, wie geeignet dieser Ort für ein Sportinternat gewesen wäre und wie viele Soldaten hier schon trainiert haben mussten. Gerade malte sie sich aus, wie sie in dieser Umgebung ein Zeltlager organisieren würde, als ein beinahe waagerechter Blitz den Himmel und ihre Gedanken zerriss. „Oh, oh!", kommentierte Terry. „Das ist wohl der Augenblick für ein ‚Ich-hab-es-ja-gesagt!' oder besser ein ‚Ich-hab-euch-ja-gewarnt!' von meiner Seite aus", ergänzte Milli. Und in diesem Moment ergossen sich auch schon sintflutartige Regenmassen. Hui duckte sich unter einen Baum. „Geh doch zurück und stell dich in einem Hauseingang unter!", sagte Milli. „Nein, die Erinnerung an das, was ich im letzten Hauseingang gesehen habe, ist leider noch zu frisch", entgegnete Hui und presste sich noch fester gegen den Baumstamm. „Warum stehen die ganzen Wohnhäuser eigentlich noch?", fragte Terry. „Meine Einschätzung oder die offizielle Aussage?", gab Hui zurück. „Beide!" – „Nun ja, die offizielle Begründung ist die, dass sich seltene, unter Naturschutz stehende Fledermäuse in den Dachstühlen der Häuser eingenistet haben und so durften sie nicht abgerissen werden. Meiner Meinung nach glaub ich nicht, dass sich die Fledermäuse ganz von alleine hier überall angesiedelt haben." – „Okay, aber zu welchem Zweck?" – „Um eine Einmischung der Stadt zu verhindern, dafür zu sorgen, dass alles so blieb wie es war und die sogenannte ‚Alternative Null' – also die, den Ort einfach ‚der Natur zurückzugeben' und ihn verwildern zu lassen – doch noch in Kraft trat." Der Regen fiel so schräg ein, dass Hui trotz vermeintlicher Deckung immer nasser wurde. Sie beschloss, sich doch einen besseren Unterschlupf zu suchen, und da die baufälligen Wohnhäuser nicht in Frage kamen, rannte sie weiter die Straße hinunter. Sie war bereits an einem Teil der Queens Avenue angekommen, wo es nur noch wenige Gebäude gab. Sie kreuzte noch zwei weitere Querstraßen und entdeckte dann ein großes graues Gebäude, das sie durch den strömenden Regen nur schemenhaft erkennen konnte. Sie lief über den Rasen, der das Gebäude von dem Fußgängerweg trennte, zwischen hohen Bäumen zu beiden Seiten und drückte sich an die Wand des Gebäudes. Sie war bereits an den Büschen hinter den Bäumen angelangt, als sie plötzlich ein Geräusch vernahm, als würde ein ganzer Schwarm Wespen neben ihrem Ohr fliegen. Ohne weiter nachzudenken, warf sie sich in die Büsche und krabbelte auf der anderen Seite hinter den Sockel einer Steinstatue, um sich zu schützen. Der vermeintliche Insektenschwarm waren fliegende Geräte, die ein wenig aussahen wie ferngesteuerte Spielzeughubschrauber mit zusätzlichen Rotoren. Allerdings war es tatsächlich ein Schwarm. Hui duckte sich noch tiefer hinter die Statue. Mindestens ein Dutzend der Fluggeräte flogen dicht an dem Gebüsch vorbei oder über die Statue hinweg. Gott sei Dank schienen sie allerdings nicht nach ihr zu suchen oder sie zumindest nicht zu finden. „Ich glaube, das Wetter macht auch ihnen zu schaffen", flüsterte Terry, als könnten die Mini-Hubschrauber gleich wieder umdrehen und Jagd auf Hui machen, wenn er lauter sprach. „Hoffentlich! Besser das Wetter macht ihnen zu schaffen als sie mir", schauderte Hui. Sie beobachtete das Gelände noch eine Weile aufmerksam, aber die Fluggeräte blieben weit hinter dem Regenvorhang verschwunden. Sie atmete auf und sah sich nun in ihrer unmittelbaren Umgebung um. Das graue Gebäude war offenbar eine Kirche, es hatte Buntglasfenster und die typische Gebäudeform eines Kirchenschiffs.

*

Es klatschte. Mario spürte Kälte, die seinen Körper umschloss, ein fauliger Sumpfgeruch kroch in seine Nase, er sank ein, merkte, dass er im Wasser gelandet war, auf dem verfaulende Blätter, Äste und Zweige schwammen. Er suchte nach Halt und bekam eine feste Kante zu fassen. Ohne nachzudenken versuchte er, sich aus dem Wasser zu ziehen und rutschte mit der Hand ab. Er hatte eine Schlammschicht von einer Wand abgewischt – einer glatten Mauer mit Kacheln! Das war kein Teich oder Sumpf! Das war ein altes Schwimmbad, bemerkte Mario. Er hatte den Sprungturm erklettert und war von dort in das Becken gestoßen worden. Mit den Armen hielt er sich am Beckenrand fest und lauschte. War das Summen noch zu hören? Nein, nur rauschender Wind und ein erneutes Donnergrollen. Mario atmete noch einmal tief ein, dann zog er sich mit aller Kraft aus dem Becken und rollte sich auf das Gras, das bis an die Poolkante wuchs. Er blieb einen Moment liegen. Seine mit Wasser vollgesogene Kleidung war schwer, er fror und wusste nicht weiter. Das Summen blieb verschwunden. Aber für wie lange? Ein Rascheln ließ ihn erneut aufschrecken, vom Wiesenboden gedämpfte Schritte kamen näher. Wenige Meter entfernt bewegten sich Gräser, bevor eine Gestalt hervortrat und eine gleißend helle Stablampe anknipste. „Hui? Bist du das?", rief Mario panisch vor Angst, doch bereits ohne dass die Gestalt etwas antwortete, sah er an Größe und Schulterbreite, dass da eindeutig ein Mann auf ihn zukam. Dann stach ihm das weiße Licht der Stablampe direkt in die Augen. Mario hob schützend eine Hand vor das Gesicht und kniff die Augen zusammen. Die Person schaltete die Lampe aus und kam nun noch näher. Mario erkannte einen jungen Mann, kaum älter als er selbst, mit kurzgeschorenen Haaren. Dieser streckte ihm eine Hand entgegen und zischte: *„Los! Komm mit! Du bist in Gefahr*!"

„Welche Kirche ist das?", fragte Hui. „Also, wenn ich deinen Standort betrachte, müsstest du vor der ehemaligen St.Boniface Church stehen." – „Sankt Bonifatius? Der Apostel der Deutschen und der Schutzpatron Englands, in England geboren und aufgezogen und in Deutschland gewirkt und gestorben, sehr passend für diesen Ort! Aber die Statue sieht nicht nach einem Mönch oder Priester aus. Der kann es also nicht sein." – „Hmmh, dann kann es eigentlich nur die Thomas More Church sein, aber das kommt eigentlich vom Standort nicht hin", überlegte Milli. „Thomas More, noch ein Märtyrer und der Autor von ‚Utopia' und Lordkanzler von Heinrich dem Achten. Ich meine, ich weiß zumindest so in etwa, wie der aussah, und das ist er auch nicht. Diese Statue erinnert mehr an einen Soldaten und sieht auch irgendwie moderner aus, aber ich finde keinen Namen", antwortete Hui. „Du kleine Angeberin!", neckte Milli. „Hey, zugegeben, Bonifatius ist eventuell ein bisschen Spezialwissen, aber angesichts der Beziehung, die mein Großvater zu diesem gesamten Gelände hat, habe ich viel Detailreiches über das JHQ gehört, aber Thomas More ist ja wohl Allgemeinbildung. Wenn man einen englischen König kennt, dann Heinrich den Achten, und wenn man einen seiner Lordkanzler kennt, dann Thomas More, den Autor von Utopia, hingerichtet wegen Hochverrats. Ein Mann, der seinen drei Töchtern dieselbe Bildung zukommen ließ wie seinem Sohn und so seine älteste Tochter zu einer der gebildetsten und mutigsten Frauen ihrer Zeit werden ließ", schwärmte Hui. „Also eine Frau wie du?", bemerkte Terry. „Schleimer!", antworteten Hui und Milli gleichzeitig und lachten.

„Frauen! Hätte Milli das gesagt, hättest du wahrscheinlich geantwortet: ‚Oh, genau wie du!‘", beschwerte sich Terry. Das Lachen der Mädchen wurde von einem erneuten Wespen-schwarmgeräusch unterbrochen, nur dieses Mal ungleich lauter. Im Tiefflug näherten sich mehr als drei Dutzend der Mini-Hubschrauber. Hui lief zum Eingang der Kirche, die Hub-schrauber dicht auf ihren Fersen. Sie betete, dass die Tür der komplett dunklen und offen-bar leeren Kirche unverschlossen war. Als sie an der Tür zog, spürte sie bereits den Wind, den die Dutzenden Rotorblätter erzeugten, an ihren Haaren zerren. Die schwere Tür ging auf, Hui schlüpfte hindurch, warf sich mit dem Rücken gegen die Tür und ließ sich daran her-absinken, während die Hubschrauber wieder-holt krachend gegen die Tür flogen. Es dauerte nur wenige Sekunden, dann nahm das Krachen ab. Die Fluggeräte waren offenbar lernfähig. Hui erhob sich vom kalten Steinboden und sah sich um. Sie befand sich in einem kleinen Vor-raum der Kirche. Sie trat durch eine der Türen in den eigentlichen Kirchensaal und auf den dunklen Teppich zwischen den Stuhlreihen rechts und links des Ganges. Als ein Blitz die Kirche für einen Moment erhellte, sah sie, dass der Teppich strahlend blau war. Der hellste

Teil der Kirche war der, wo der Altar immer noch stand, denn dort fiel trotz des stürmischen Wetters etwas Mondlicht durch die Buntglasscheiben in den Gottesdienstraum. Ein weiterer Blitz ließ den Raum für Millisekunden taghell erstrahlen, und Hui nahm Statuen entlang der Kirchenmauern wahr, aber sie konnte sie nicht zuordnen. Sie ähnelten, genau wie die Statue draußen vor der Kirche, eher Soldaten als Heiligenfiguren. Hui beschlich ein unheimliches Gefühl, als wäre in diesen heiligen Mauern etwas schrecklich falsch und als würde sie es durch ihre Anwesenheit noch heraufbeschwören. Ihr ganzer Körper war zum Zerreißen gespannt und sandte ihr permanent widersprüchliche Signale. Einerseits wollte sie am liebsten aus der Kirche rennen, aber draußen warteten nur Sturm, Gewitter, Starkregen und Mini-Hubschrauber auf sie. Andererseits wollte sie nicht weitergehen, aber in dieser leeren, dunklen Kirche einfach stehen zu bleiben oder sich gar hinzusetzen, war die noch weitaus schlimmere Vorstellung und so ging sie langsam, aber stetig weiter Richtung Altar. Immerhin blieb sie hier drinnen trocken, und am Altar war das meiste Licht. Außerdem sehnte sie sich nach einer Mauer in ihrem Rücken, die ihr wenigstens ein wenig Schutz vermittelte. Sie erreichte den Holzaltar, der genau unter den Kirchenfenstern stand, und umrundete ihn langsam. Sie wusste nicht, was sie Fürchterliches auf der anderen Seite des Altars erwartet hatte, aber sie atmete hörbar aus, als hinter dem Altar einfach nichts war. Als ob sie sich der Realität versichern müsste, stützte sie beide Hände auf den Altar. Sofort erschien ein mechanisches Surren, Hui sprang zur Seite und kauerte sich in eine Ecke wie ein kleines Kind.

＊

Die folgenden Minuten erlebte Mario fast wie in Trance. Sie rannten. Sie rannten durch das Gestrüpp an langen, rankenbewachsenen Wänden von leerstehenden Baracken entlang über einen Platz, der vielleicht einmal ein weitläufiger Trainingsplatz gewesen war, jedenfalls wuchs hier kein einziger Baum. Mario bemerkte zunächst gar nicht, dass das Gras auf diesem Geländeabschnitt nur wenige Zentimeter hoch war, so als sei es erst kürzlich gemäht worden, doch es blieb keine Zeit für Fragen. Sie überquerten die überwucherte „Roberts Road" und erreichten den „Kinross Drive", wie alte, rostende Metallschilder verrieten. Mario stolperte, sein Fußgelenk knickte schmerzhaft um, und er fiel ins nasse Gras.

Als ihm der Fremde hektisch aufhalf, glaubte Mario einen Moment lang, dass er mit dem Fuß in einer Reifenspur umgeknickt war, die ein geländegängiges Fahrzeug vermutlich erst kürzlich auf der Graspiste hinterlassen hatte. „Wo bringst du mich hin? Wo sollen wir in Sicherheit sein? Und wer bist du überhaupt?", stieß Mario atemlos hervor. „Mein Name ist Pablo Cambiare und alles Weitere erkläre ich dir, wenn wir da sind!", rief ihm der Junge durch den prasselnden Regen zu. Mario verstand nichts. *„Was?"* - „Er heißt Pablo Cambiare und will dir alles Weitere erklären, wenn ihr da seid – wo immer das auch sein soll!", meldete sich Terry über die Smartwatch. „Wo sollen wir in Sicherheit sein?", wiederholte Mario seine Frage. Der Junge mit den kurzgeschorenen Haaren blickte im Laufen über die Schulter. „In einem Bunker!", rief er.

Musik ertönte in der Kirche, und Hui, Terry und Milli keuchten synchron erschrocken auf. Hui drehte ihren Kopf, den sie auf den Knien in ihren Armen geborgen hatte, wieder zum Altar und sah, woher Musik und Surren kamen. Eine Leinwand war oberhalb des Altars ausgefahren und ein darauf projizierter Film lief ab. Sie brauchte noch einige Sekunden, bis sich ihr Herz soweit beruhigt hatte und sie sicher war, dass sie nichts anspringen würde, so dass sie sich traute, wieder aufzustehen und den Altar erneut zu umrunden, um den Film anschauen zu können. Die Musik war typische 30er-Jahre Tanzmusik aus Amerika, dazu sah man Schwarz-Weiß-Aufnahmen von tanzenden Paaren. Hui stand nun mitten im Mittelgang und ließ sich langsam auf den Boden sinken. Es hätte sich falsch angefühlt, sich in eine der Kirchenbänke zu setzen. Und stehen zu bleiben machte sie zu einem zu leichten Ziel, also setzte sie sich auf den blauen Teppich. Sie hatte sich gerade an das in dieser Umgebung grotesk anmutende Tanzspektakel gewöhnt, als eine Stimme aus dem Off ertönte. Sie brauchte einen Moment, um zu realisieren, dass die Stimme zu dem Film gehörte und wohl die der Erzählerin war. Die Stimme begann: „Als Sohn deutscher Vorfahren, die in den 1820er-Jahren nach Amerika emigriert waren, wurde *Adam Grundman* 1920 in Queens, New York geboren. Seine Vorfahren hatten sich zuerst in Texas angesiedelt, wo Gruppen deutscher Intellektueller die deutsche Literatur, Philosophie, Wissenschaft, klassische Musik und Lebensart hochhielten.

Sein Vater, ein Tischler, brachte ihm früh sein Handwerk bei, während seine Mutter, eine Lehrerin, verwurzelt in den alten Traditionen, ihn Deutsch lehrte und Latein in Wort und Schrift. Adam Grundman hatte vier kleine Schwestern und so blieb er der einzige Stammhalter der Familie. Schon in seiner frühesten Kindheit zeigte Grundman besondere Hochbegabungen und erhielt im Laufe seiner Schulkarriere zahlreiche Auszeichnungen und Medaillen in sportlichen und geistigen Disziplinen. Gegen Ende seiner Schulzeit beherrschte er fünf Sprachen fließend, darunter Deutsch, Französisch und Russisch, was ihm später bei der Formierung seiner Gemeinschaft helfen sollte. Zudem hatte er zahlreiche Medaillen im Ringen, Boxen und als Läufer gewonnen. Entgegen der Wünsche seiner Eltern besuchte er nach der Schule keine Universität, sondern absolvierte die Grundausbildung als Soldat. Er war der Überzeugung, dass die Kombination guter Ressourcen und die Auswahl und Ausbildung einer guten Armee zu der größten Herausforderung, aber auch zur größtmöglichen Macht eines Landes gehört. Als ausgebildeter Soldat trat er am 6. Juni 1944 mit der Operation Overlord in den Zweiten Weltkrieg ein. Er landete als einer der Soldaten des Landungsabschnitts mit dem Decknamen ‚Omaha' in der Normandie. Durch die Verfehlung der ersten deutschen Linie und der Fehleinschätzung, die Deutschen hätten nur eine Division, die diesen Abschnitt verteidigte, fuhr die Armee ‚Omaha' Verluste von etwa 70 % ein. Während viele seiner Kameraden dadurch entmutigt wurden und trauerten, bestärkte Grundman der Gedanke, dass er die Operation besser vorbereitet und durchgeführt hätte. Er begann die Verluste als eine Art natürliche Auslese zu betrachten." Die Bilder, die in dem Film abgespielt wurden, unterschieden sich nicht von denen der typischen Dokumentarfilme über den Zweiten Weltkrieg. Es folgte eine lange, detaillierte Darstellung der weiteren Kriegsereignisse, die von Marschmusik oder Schlachtgeräuschen begleitet wurden.

Hui fragte sich immer mehr, ob hier vielleicht irgendwer unterrichtet wurde oder welchen Zweck dieser Film hatte, denn schließlich schien es sich um einen einzelnen amerikanischen Soldaten mit deutschen Wurzeln zu drehen. Und doch hatte sie das Gefühl, dass es wichtig war, diesen Film zu Ende zu schauen. Die weibliche Erzählerin fuhr fort: „Nach langen Kämpfen kam Adam Grundman Ende

1944 nach Deutschland. Die stark dezimierte Einheit, in der Grundman diente, wurde auf ihrem Vormarsch Richtung Berlin überfallen und zerstreut. Forthin machte Grundman seinen Weg allein durch Wälder und Wiesen. Am Neujahrstag 1945 kam er schließlich an einem Bauernhof an." Nun änderte sich das Bild von Truppenmärschen, die fast etwas von einer Leni-Riefenstahl-Optik hatten, hin zu vergilbten Tagebucheinträgen mit gestochener Handschrift. Eine männliche Erzählerstimme las vor: „Neujahrsmorgen 1945. Ich wurde von meiner Einheit getrennt. Die kalten Winter in New York haben mich abgehärtet und doch sehne ich mich nach einer warmen Mahlzeit und einem Bett. Neujahrsabend 1945. Ich bin heute an einem einsamen Bauernhof angekommen. Ich fand die toten Bauersleute in der zerstörten Scheune. Sie waren noch nicht sehr lange tot und so betrat ich das Wohnhaus, das noch intakt schien, in der Hoffnung etwas Essbares zu finden. Ich bin keiner dieser Plünderer und Vergewaltiger, wie es sie – wie ich zu meiner Schande gestehen muss – auch in unseren Einheiten gibt. Der Krieg verändert die Menschen und bringt ihr Schlimmstes zum Vorschein. Aber ich brauchte Nahrung und die Bauersleute nicht mehr. Als ich das Wohnhaus betrat, war zuerst alles still, doch als der Wind die Tür hinter mir ins Schloss schlug, vernahm ich ein Wimmern, dem ich folgte. Es führte mich zum Schlafraum des Hauses, in dem eine Krippe stand. Das Wimmern kam von Zwillingsbuben, die in der Krippe lagen. Sie waren wenige Wochen oder Monate alt und dass sie am Leben waren, bestärkte mich in der Vermutung, dass der Tod der Eltern erst kürzlich eingetreten war. Ich nahm die beiden aus der Krippe und ging zu einer Regenwassertonne, die nahe am Eingang des Wohnhauses stand. Ich bin Soldat und kein Kindermädchen. Die einzige Gnade, die ich ihnen zuteilwerden lassen konnte, war, ihrem Elend schnell ein Ende zu machen. Ich wusste aus Erzählungen der Kameraden, dass das Verhungern und Verdursten ein besonders grausamer Tod sein soll und so entschloss ich mich, die Buben zu ertränken. Ich ließ sie beide in die Regentonne gleiten und hielt meine Hand so auf der Wasseroberfläche, dass sie darunter bleiben mussten. Der eine der beiden ging auch gleich unter, doch der andere strampelte und schrie. Ich drückte ihn hinunter und wendete den Blick ab, da sah ich ein Propagandaplakat an der Hauswand, auf dem stand: ‚Der deutsche Junge muss schlank und rank sein, flink wie Windhunde, zäh wie

Leder und hart wie Kruppstahl'. Und auch wenn ich Hitlers Rassenideologie nichts abgewinnen kann, so dachte ich doch, wenn der Junge so kämpft, sollte er eine Chance haben zu überleben. Ich nahm also den kämpfenden Jungen aus der Wassertonne und schloss den Deckel über seinem toten Bruder. Er war der Stärkere mit einem unbändigen und ungebrochenen Lebenswillen und damit hatte er Potential bewiesen. Und was habe ich auch zu verlieren? Wenn der Säugling den entbehrungsreichen Marsch in die deutsche Hauptstadt nicht übersteht, ist es eben gleich und wenn er die Überfahrt zurück in die Heimat nicht verkraftet ebenso. Wenn doch, so ist er ein wahrer Überlebenskämpfer und hat noch Großes vor sich. Ich zog ihm also trockene Kleidung an und fand für uns etwas zu essen und zu trinken. Ich werde den Jungen Abraham nennen. Ich verbringe die heutige Nacht noch in diesem Haus in einem warmen Bett unter warmen Decken." Damit endete der Erzähler. Ein Schwarz-Weiß-Bild des Bauernhauses wurde eingeblendet und als die weibliche Erzählerstimme wieder begann, sah Hui Bilder des Soldaten und des Jungen, wie er heranwuchs. „Pathetische Namen!", murmelte Hui. „Wieso?", fragte Terry. „Adam wie der erste Mensch, der erste Mann auf Erden. Ich meine, dafür kann er nichts, seine Eltern haben ihn ja so genannt. Aber Abraham? Der Vater vieler Völker, dem Gott in der Bibel zusagt, dass seine Nachkommen zahlreich sein würden. Das ist doch sicherlich Absicht. Ich weiß noch nicht, worauf dieses Video abzielt, aber dass die beiden Männer eine immense Rolle spielen werden, ist wohl offensichtlich." – „Stimmt, großer Name mit einer hohen Bedeutung in der Bibel. Ich bin gespannt, wohin das noch führt. Anhand der Bilder scheint Abraham zumindest das Säuglingsalter überstanden zu haben", bemerkte Terry und die Erzählerinnenstimme setzte wieder ein: „Während Abraham mit großer finanzieller Unterstützung durch Adams gut situierte Großeltern den besten Kindergarten und die beste Vorschule in New York besuchte, arbeitete Adam Grundman wieder als Tischler. Diese Tätigkeit kam ihm nach den Schrecken des Krieges und dem dort immer präsenten Kampf ums Überleben bald wenig erfüllend und trivial vor. Er traf sich wöchentlich mit Kameraden und Veteranen aus seiner Soldatenzeit. Er war kein Mann, der leicht Anschluss fand, und er biederte sich auch nicht an. So waren es wenige Männer, die ihn besser kennenlernten, die dann aber auch loyal zu ihm standen. Ende des Jahres 1950 erfuhr Adam Grundman von einer Organisation, die Söldner beschäftigte, und schloss sich mit seinen engsten Kameraden an. Während seiner Einsätze kümmerten sich seine Eltern um Abraham. So verdiente Adam ein Vielfaches von dem, was er als Tischler verdient hatte und war bald in der Lage, Abraham die beste Ausbildung eigenständig zu finanzieren. Die Söldnerheere gefielen Adam besser als die US-Armee. Seines Erachtens fand hier eine stärkere Auslese statt und er kämpfte an der Seite der Besten. 1953 gründete er schließlich mit elf Kameraden seine eigene Söldnertruppe mit dem altgriechischen Namen „hairesis", der auch Wahl, Anschauung und Schule bedeutet. Und wie der Name es schon sagt, ging es in der hairesis nicht mehr nur um die Generierung eines Söldnerheeres. Die Söldner, die in die hairesis aufgenommen wurden, wurden streng ausgewählt und von den zwölf ursprünglichen Mitgliedern ausgebildet. Es fand also eine *Auswahl* statt und eine *Schulung*. Grundman finanzierte die hairesis allein aus eigenen Mitteln, konzipierte die physischen und psychischen Tests für die Auswahl und stellte die Trainings- und Lernprogramme zusammen. Nach zwei Jahren

184

trug sich die hairesis nicht nur finanziell selbst, sondern warf bereits immensen Profit ab. Die Zahl der Mitglieder lag bereits bei 150 Mann. Was die hairesis für viele Elitesoldaten interessant machte, war, abgesehen von der sehr guten Bezahlung, die Tatsache, dass jeder willkommen war. Grundman machte keine Unterschiede nach Rasse, Herkunft oder gar Geschlecht, so war die hairesis eine der ersten Truppen, die auch weibliche Soldaten beziehungsweise Söldner beschäftigte. Für Grundman bedeutete die hairesis eine Lebensaufgabe, aber auch Wohlstand und Reichtum. Die Organisation wuchs stetig, während Abraham middle- und highschool absolvierte und dann an der Columbia University erst Wirtschaftswissenschaften und dann Medizin studierte. Die drei Leitsätze der hairesis stammen aus einem Aufsatz, den Abraham als 12-Jähriger im Anschluss an die Lektüre von ‚Utopia' schrieb: *Stärken vereinen, die Besten besser machen, die Zukunft gestalten.* Diese Sätze wurden nicht zuletzt durch Abrahams Engagement praktizierte Wirklichkeit. Er machte aus der Söldnertruppe schließlich die *Hairesis-Initiative* mit ihren vielfältigen Tätigkeitsfeldern. Seinem Glauben, dass Kinder unser größtes Potential bedeuten, verlieh er Ausdruck und bekam mit seiner Frau Sarah Jane sieben Kinder. Seit seinem Tod 2014 führen seine sieben Kinder die Hairesis-Initiative in die Zukunft, die Prof. Dr. Abraham Grundman für sie plante. Zwei seiner Töchter und ein Sohn sind Mediziner und arbeiten in der Forschungsabteilung der eigenen Fertilisationsklinik und des genetischen Matchings, eine weitere Tochter lehrt Medizin an der Hairesis-Universität, ein Sohn lehrt Rechtswissenschaften und eine Tochter und ein Sohn leiten das Söldnerprogramm und bilden aus. Gemeinsam haben sie die Geschäftsführung inne und leiten die gesamte Hairesis-Initiative. So ist Adam Grundmans Traum von einer Initiative, die die Besten vereint, wahr geworden." Die Erzählerin schloss, und über einem eingeblendeten Logo standen noch einmal die drei Leitsätze. Hui war sprachlos. Die Hairesis-Initiative war ihr aus Erzählungen ihres Großvaters bekannt, aber aus ihren Erinnerungen handelte es sich dabei um eine kleine Sekte und nicht um eine riesige millionenschwere Initiative.

„Kein Signal!", meldete Marios Smartwatch. Kein Wunder, dachte er, das sind sicher dicke Stahlbetonwände, die uns hier umgeben. Er befand sich mit seinem mysteriösen Retter tatsächlich in einem alten Bunker am Kinross Drive des JHQ. Großflächige Landkarten, die sich durch Feuchtigkeit unter ihren transparenten Schutzfolien wellten, bedeckten die Wände. Auf den Betonwänden oberhalb der Karten breitete sich Schimmel aus. „Wieso gibt es hier Strom für die Beleuchtung?", wollte Mario wissen. „Das erkläre ich dir, wenn wir Zeit dafür haben!", wich ihm der Junge aus. „Was soll das da?", fragte Mario und zeigte in einen Winkel des Bunkers unter die Decke. Dort thronten auf einem Brett eine ganze Reihe uralter, klobiger Signaltafeln. *„Attack Warning"*, las Mario. Direkt daneben *„Red"*, was sich sicher auf die Alarmstufe bezog, wie er annahm, und daneben *„All clear"*. Wahrscheinlich hatten die Signaltafeln einst, je nach Situation, von den Rückseiten aus illuminiert werden können, dachte Mario beim Betrachten der Anlage. „Das sind, wie alles auf diesem Gelände, Überbleibsel aus dem alten JHQ. Die Signaltafeln stammen vermutlich sogar noch aus der Zeit des Kalten Krieges", antwortete der Junge. Mario musterte ihn: Er war in der Tat etwa so alt wie er, allerdings einen halben Kopf größer und um einiges athletischer gebaut als er. Der Junge trug geländetaugliche

Schnürstiefel, eine schwarze Hose aus robustem Stoff mit etlichen aufgenähten Taschen, über seinen breiten Oberkörper spannte sich ein hellblaues Hemd, auf dem ebenfalls einige Taschen aufgenäht waren. Außerdem bemerkte Mario Schulterklappen, die ihn an eine Uniform erinnerten, allerdings sah er keinerlei Abzeichen, die einen Hinweis darauf gaben, zu wem der Junge gehörte. Nur ein schwarzgelber Strichcode, der offenbar auf eine dünne Metallplatte von der Größe einer Visitenkarte gedruckt war, war auf der linken Brusttasche eingenäht. „Wieso läufst du hier nachts durch den Wald?", wollte Mario wissen. Der Junge lachte fröhlich auf und hockte sich gegenüber von Mario an die Betonwand. „Das Gleiche könnte ich dich fragen!", prustete er. „Ich hab' auf das Ding, das dich vom alten Sprungturm gefegt hat, aufgepasst. Tut mir Leid, dass das passiert ist. Das hat niemand gewollt! Glaub mir!" Mario blickte mit Angst geweiteten Augen den freundlich lächelnden Jungen an, der die gesamte Szenerie offenbar sehr belustigend fand. „Falls du mich draußen im Gewittersturm nicht verstanden hast: Mein Name ist Pablo, wie das Malergenie", stellte sich der Junge erneut vor. „Aber ich heiße nicht Picasso, sondern Cambiare. Und ich bin auch kein Künstler, sondern Ingenieur." „Ingenieur?", echote Mario. Pablo nickte. „Ich habe meinen Masterabschluss mit sechzehn gemacht, also fast genau vor einem Jahr." „Und jetzt rennst du mit deinem Masterabschluss durch den Wald?", hakte Mario nach. Pablo lachte fröhlich. „Nur, wenn ich Abenteurern helfen muss!", antwortete er und fragte sogleich: „Wie heißt *du* eigentlich und was machst *du* hier draußen?" „Ich heiße Mario Grenzwald. Ich bin hier, weil ich einer guten Freundin beweisen wollte, dass an all den Schauermärchen, die sich um das alte JHQ ranken, nichts dran ist." Pablo lachte wieder. „Na, wenn ihr gewettet habt, dann hast du aber gewonnen!" Mario fand das überhaupt nicht lustig: „Was hat mich da eben vom Sprungturm gefegt?" Pablos Antwort kam sofort und ohne eine Spur von Ironie: „Du bist von einem Hexacopter gerammt worden." Mario verstand immer weniger. „Was?" Cambiare lächelte und setzte zu einer Erklärung an. „Ein Hexacopter. Eine Drohne. Genaugenommen eine Drohne mit sechs – ‚hexa' – Rotoren." Mario zuckte zusammen. „Und wieso hat sie mich angegriffen?", stieß er hervor. „Hat sie nicht!", widersprach Pablo fröhlich. Mario konnte es nicht fassen. „Das soll ich dir glauben?" „Einen

Drohnenangriff hättest du nicht überlebt. Ein solcher Angriff wäre aber auch völlig anders abgelaufen beziehungsweise wäre er von einer Kampfdrohne ausgeführt worden", erklärte Cambiare geduldig. „Und wenn das keine Kampfdrohne war, was war das dann?" Pablo lächelte. „Mario, das war eine *Wetter-Drohne*. Ausgestattet mit intelligenten Wettersensoren zur Messung von Lufttemperatur, relativer Feuchte, Niederschlagsintensität, Niederschlagsart, Niederschlagsmenge, Luftdruck, Windrichtung und Windgeschwindigkeit. Diese Drohnen sind mit einem Satelliten vernetzt und können so sehr exakte und vor allem sehr regionale Wetterprognosen erstellen." „Und du bist also nicht nur Ingenieur, sondern auch Wetterbeobachter", polterte Mario, der nicht glauben wollte, dass das eben kein Drohnenangriff gewesen sein sollte und den das Gefühl beschlich, dass der Gleichaltrige ihn gerade für total naiv verkaufen wollte. Pablo blieb völlig unbeeindruckt und sachlich. „Ja, ich bin eine Art ‚Wetterbeobachter', wenn du es so nennen willst. Ich bin verantwortlich für den ganzen Schwarm Wetter-Drohnen, die hier über dem JHQ-Wald herumschwirren und ihre Messungen tätigen." „Von den Dingern gibt es einen ganzen Schwarm?", brach es aus Mario hervor. Pablo zuckte unbeeindruckt die Achseln. „Ja. Sie sind miteinander vernetzt. Sie kommunizieren eigenständig miteinander und sie fliegen einzeln und autonom." „Was soll das heißen? Und was war mit der Drohne von eben los? Ist die ausgerastet?" Mario schrie jetzt fast. Die Erkenntnis, dass seine Freundin Hui offenbar in einigen Punkten Recht hatte, vergrößerte seine Sorge, was er noch alles in diesem Bunker über das erfahren würde, was da draußen im – und über dem Wald – lauern und herumschwirren könnte. „Die Drohne ist defekt. Ich weiß noch nicht, was mit ihr los ist. Was passiert ist, tut mir wirklich sehr leid, Mario." „Wenn die Drohne defekt ist, dann könnt ihr sie doch einfach ausschalten. Oder fernsteuern." Pablo schüttelte den Kopf. „Die Drohnen sind autonome Systeme und agieren ohne fremdes Einwirken. Klar kann man sie abschalten. Das war ja auch der Grund, weshalb ich im Wald unterwegs war. Dabei habe ich dich zufällig gefunden." Das wiederum klang für Mario recht einleuchtend. Dennoch fiel es ihm schwer, Pablo Cambiare zu glauben. „Und warum macht ihr solche Testflüge illegal nachts über dem JHQ?" – Pablos Augenbrauen hoben sich. „Wie kommst du darauf, dass wir hier illegal agieren, Mario?

Nur weil die Stadt das nicht in jedem Post oder jedem E-Paper mitteilt, heißt das doch nicht, dass wir illegal hier sind. Außerdem hast du eben leider selbst erlebt, warum wir das hier machen. Normalerweise dürfte hier keiner sein. Das bedeutet, wenn eine Drohne mal Ärger macht oder gar vom Himmel auf den Boden knallt, haben wir schnell wieder alles unter Kontrolle beziehungsweise kommen keine Menschen zu Schaden." Mario nickte. Das klang ebenfalls plausibel. Aber konnte er Pablo Cambiare wirklich vertrauen? Er blickte auf seine Smartwatch: *„Kein Signal!"*, leuchtete da noch immer auf dem Display.

Hui rappelte sich in der nun wieder stockfinsteren Kirche hoch und ging wieder Richtung Vorraum. „Ich schätze, du hattest mit deiner Theorie, dass sich hier irgendetwas Militärisches abspielt, recht", flüsterte Milli. „Das ist wahrscheinlich die Untertreibung des Jahrhunderts! Und über hundert Jahre ist diese Initiative ja auch schon alt!", ergänzte Terry. Hui seufzte: „Ich hatte geglaubt, Recht haben fühlt sich besser an. Ich glaube, das war eine ziemlich dämliche Idee von uns und wir sollten schleunigst sehen, dass wir hier möglichst unentdeckt und lebendig wieder rauskommen. Wo ist Mario gerade?" – „Also, der hat zumindest das große Glück oder Pech – das wird sich noch herausstellen -, dass er im Gegensatz zu dir nicht allein unterwegs ist. Er ist auf einen Typen getroffen, der sich hier auskennt und ihn jetzt führt. Wie hieß der nochmal?", fragte Terry. „Pablo Cambiare", antwortete Milli. Hui stand wieder an der Eingangstür der Kirche und spähte hinaus in das Unwetter. *Was*?", rief sie, als sie realisierte, was sie soeben gehört hatte. „Wie hieß der Typ?", fragte sie noch einmal. „Pablo Cambiare. Was ist denn daran so schwer zu merken?", erwiderte Milli erneut. Huis Gedanken überschlugen sich. Das wurde ja immer bizarrer. Auch dieser Name sagte ihr etwas. Sie erinnerte sich nicht mehr detailliert an die Erzählung, aber sie wusste, dass dieser Name etwas mit Sektenmorden zu tun hatte. Und auch wenn es sich heute nicht mehr um denselben Cambiare handeln konnte wie zu der aktiven Zeit ihres Großvaters bei der Polizei, sollte man doch zumindest diesen Namen mit Vorsicht genießen. Draußen vor der Kirche stürmte und gewitterte es noch immer, aber sie konnte keine der hubschrauberartigen Fluggeräte mehr entdecken. „Okay nochmal, *wo* ist Mario?", rief sie gegen den Wind ins Headset, während sie wieder nach draußen schlüpfte. „Willst du nicht lieber drinnen bleiben, bis sich das Unwetter verzogen hat?", fragte Milli zurück. „Nein!", rief Hui, „einerseits bleiben mir so diese Hubschrauber vom Hals und andererseits könnte es gut sein, dass Mario meine Hilfe braucht!" – „Dann wäre da noch ein Problem. Wir haben vor ein paar Minuten am Bunker den Kontakt zu ihm verloren. Er muss den Bunker betreten haben und da kommt natürlich kein Signal durch", erklärte Terry. „Okay, ich gehe erstmal wieder auf die Queens Avenue und versuche mich zu orientieren." Hui bewegte sich nun sehr viel vorsichtiger als vor dem Film, den sie in der Kirche gesehen hatte. Es waren nicht nur die Mini-Hubschrauber, die wahrscheinlich für die Überwachung des Geländes zuständig waren, die ihr gehörigen Respekt eingeflößt hatten. Es war vor allem die Tatsache, mit welcher Initiative sie es hier zu tun hatte und wie professionell diese Sekte aufgebaut war, die sie mit erhöhter Aufmerksamkeit durch das Gelände streifen ließ. Den Weg zurück zur Queens Avenue nahm sie langsam im Schutz der Bäume, die die Kirche einrahmten. Diesen Schutz würde sie auf der Hauptstraße weitestgehend einbüßen, egal in welche Richtung sie ging. Zur Rechten und Linken war in diesem Abschnitt der Queens Avenue viel offenes Gelände und vereinzelte große Gebäude. Verstecke und viele Häuserwände, um sich wegzuducken, waren hier Mangelware. Sie verließ den Schutz des letzten Baumes und ging hinter einem Busch in Deckung, um von dort einen Teil der Queens Avenue beobachten zu können, als ihr Headset sich wieder meldete.

Ich muss sofort aus diesem Bunker raus, sagte sich Mario. Solange er hier drin blieb, würden ihn die dicken Stahlbetonwände virtuell von seinen Freunden getrennt halten. „Sind noch mehr Freunde von dir da draußen?", fragte Pablo freundlich. „Nein!", entgegnete Mario, wie aus der Pistole geschossen. Pablo musterte ihn und zog zweifelnd eine Augenbraue hoch. „Dann ist ja gut. Denn wenn noch Freunde von dir da draußen sind, wären sie ihn großer Gefahr", fuhr Pablo mit ernster Stimme fort. Mit jedem Wort beschlich Mario mehr das Gefühl, dass Pablo ihn manipulieren und aushorchen wollte, dennoch beunruhigte ihn das, was er hörte, sehr. „Die Drohnen haben ein extrem starkes Gewitter vorausgesagt.

Die Wetterprognosen, die du auf den News-Seiten auf deiner Smartwatch gelesen haben kannst, sind dramatisch untertrieben. Deswegen arbeiten wir ja an diesen Drohnen." Pablo zeigte mit dem Finger an die graue Stahlbetondecke. „Da draußen toben nicht, wie viele Meteorologen prognostiziert haben, Sturmböen von bis zu 70 Kilometer pro Stunde. Es sind 100 Kilometer pro Stunde, teils auch 120! Außerdem kann Hagel mit bis zu drei Zentimetern Durchmesser runterkommen. Bei den Regenmengen haben sich die Leute auch verrechnet. Das werden garantiert keine 40 Liter pro Quadratmeter in kurzer Zeit, wohl eher 80." Pablo ließ das Gesagte auf Mario wirken. Dann fuhr er fort: „Wenn noch Freunde von dir da draußen sind, dann solltest du mir das sagen. Sie sind da in großer Gefahr und die alten Häuser bieten auch keinen Schutz vor dem Unwetter. Im Gegenteil, das können wahre Todesfallen werden. Ich kann dir anbieten, deine Freunde hierher in den Bunker zu holen. Du wartest hier unten. Hier bist du in Sicherheit!" Mario schlucke Angst herunter, bevor er mit erstaunlich fester Stimme sagte: „Niemand ist da draußen. Aber ich werde da jetzt rausgehen!"

„Das ist Selbstmord!", protestierte Pablo, doch Mario erreichte bereits den Ausgang des Bunkers und wuchtete die schwere Tür auf. Dicke Regentropfen peitschten ihm ins Gesicht, noch bevor er den Bunker überhaupt verlassen hatte. Der Orkan tobte heulend durch den Wald, riss knackend Äste ab, die auf den Waldboden klatschten, den der Starkregen binnen weniger Minuten in eine einzige, riesige Pfütze verwandelt hatte. Selbst wenn Pablo ein Lügner sein sollte – was das Unwetter anging, schien er die Wahrheit gesagt zu haben. „Solche Stürme sind extrem gefährlich! Sowas gab es früher alle paar Jahre im Herbst. Aber seit sie immer öfter schon im Sommer loslegen, sind sie noch gefährlicher geworden, weil die Baumkronen noch nicht entlaubt sind. Diese Monsterstürme greifen in die Baumkronen wie in ein Segel und entfalten so ihre ganze Zerstörungskraft!", versuchte Pablo auf Mario einzureden. Pablo musste schreien, um einen grollenden Donner, den prasselnden Regen und das Brausen des Windes zu übertönen. Ein riesiger, lilafarbener Blitz zuckte quer über den nachtschwarzen Himmel und ließ Mario zusammenzucken, bevor ein Donner wie eine Explosion die kühle Luft erzittern ließ. Marios Smartwatch, befreit aus den dicken Stahlbetonwänden, konnte sich wieder in das Internet einklinken und öffnete sogleich einer Flut von angestauten Meldungen Tür und Tor. „Warnung vor schwerem Unwetter!", blinkte auf dem Display, daneben der Hinweis „9 neue Nachrichten von: Milli, Terry und Hui". Die werden gelesen, wenn Pablo nicht aufs Display lauern kann, beschloss Mario und trat endgültig aus dem Bunker in das nächtliche Unwetter. „Du wirst uns noch beide umbringen!", schrie Pablo hinter ihm, wobei er weniger besorgt als vielmehr verärgert klang. Mario blieb stehen und drehte den Kopf über die Schulter. Wasser lief in seine Schuhe, Regen prasselte auf ihn herunter, nach wenigen Sekunden sah er mit dem tropfnassen Gesicht und den am Kopf klebenden Haaren so aus, als hätte er unter der Dusche gestanden. „Wieso ‚uns'?", rief er durch den Regen. „Bleib doch einfach hier im Bunker!"

Mario ignorierte die Unwetterwarnung auf seiner Smartwatch, die ihm gerade wie Hohn erschien und ging schnell die Nachrichten seiner Freunde durch. Viel Zeit blieb ihm sicher nicht, denn Mario war überzeugt, dass Pablo ihm schon sehr bald hinterherlaufen würde. – Nur um ihm zu „helfen" natürlich. „Nachricht

1: - Wo bist Du?!", „Nachricht 2: - Wir bekommen keine Antwort! Ist was mit deiner Smartwatch oder liegt das am Unwetter?!", „Nachricht 3: - Komm zurück!", „Nachricht 4: - Haben als Video mitbekommen, was dir passiert ist. Wer ist der Typ?", „Nachricht 5: - Hau ab da!", „Nachricht 6: - Glaub dem Kerl kein Wort!", „Nachricht 7: - Meld' dich endlich, Mario!", „Nachricht 8: - Sorg' dafür, dass du den Typen los wirst! Aber schnell!", „Nachricht 9: - Hau ab! Egal wie! Mach, dass du da wegkommst!". Mario tippte eine Antwort, während er über den aufgeweichten Waldboden stolperte und gegen die Regen- und Hagelböen ankämpfte, die ihm der Orkan entgegenschlug und die auf der Haut schmerzten. „War in einem Bunker. Versuche jetzt aus dem JHQ-Wald zu kommen!" Unmittelbar nachdem Mario seine Kurznachricht abgeschickt hatte, blinkte auch schon Millis und Terrys Antwort: „In den Wald??? Der ist bei dem Wetter eine Todesfalle. Schau, dass du irgendwo unterkommst. Nicht weit von dir müsste das alte Kino sein. Vielleicht hast du da eine Chance." *„Warte! Du rennst direkt in dein Verderben*!", hörte Mario hinter sich Pablo außer Atem rufen. Laufschritte platschten über den Pfützenboden auf Mario zu. „Meld' mich später!", tippte Mario noch schnell in seine Smartwatch, bevor Pablo ihn einholte. „Nein! Ich renne direkt raus aus dem JHQ!", rief Mario zurück, doch ein weiterer Donner schluckte seine Worte fast völlig. „Ach ja? Weißt du überhaupt, wo wir gerade sind? Selbst ich weiß das nicht genau! Diese Wohnsiedlungen sehen sich oft sehr ähnlich!", rief Pablo zurück. Mario sah sich panisch um. Alte britische Wohnhäuser, halb überwuchert von Bäumen, die sich immer wieder vor dem Sturm zu verneigen schienen, als sei der Orkan eine zürnende Gottheit. Regenwasser ergoss sich wie kleine Wasserfälle von den Dächern und sammelte sich in breiten Pfützen, die sich mehr und mehr zusammenschlossen und über die Türschwellen ins Innere der Häuser krochen. Ein weiterer lilafarbener Blitz, der quer über den Himmel schoss und dessen Donner erneut die Luft erzittern ließ, erhellte für eine Sekunde die Szenerie in gespenstischem Licht. „Da vorne!" Mario zeigte in die Richtung hinter Pablo. Der verstand nicht, was Mario meinte, doch der strebte bereits auf das zu, was er da gesehen hatte! „Bleib doch von den Bäumen weg!", brüllte ihm Pablo hinterher. Mario blieb stehen. Sein Blick wanderte langsam nach oben an einer von wildem Wein überwucherten

Metallstange hinauf. „Da ist ein Schild!", rief Mario durch den Sturm. Der nächste Blitz erhellte das von Blättern fast völlig eingehüllte Schild. „Ich kann's nicht genau erkennen. Ich glaube, da steht ‚*Brock Road*'", rief Mario, als der krachende Donner verhallt war. „Kann das sein?" „Ja!", rief Pablo zurück. „Wir sind dann wohl in der Nähe der ‚Moore Road'! Aber das ist egal! Wir müssen zurück in den Bunker!" Eine weitere Orkanböe raste über den Wald. Mario hörte, wie das Rauschen in den Blättern lauter wurde und auf sie zukam. Dann traf ihn diese unsichtbare Kraft mit einer Wucht, als habe ein kräftiger Mann ihm einen Stoß verpasst. Er hatte den Schreck noch nicht verarbeitet und die Situation noch nicht völlig erfasst, als er das laute Knacken von berstendem Holz hörte. Gleich mehrere wuchtige Bäume kippten um, nur vielleicht zehn Meter vor ihm, und krachten auf die verwaldete Schlammpiste, die einst eine Straße gewesen war. „Komm weg hier!", brüllte Pablo und sprang auf Mario zu, packte ihn am Arm und zerrte ihn fort.

„Hui, wir haben ihn wieder! Mario ist eben auf der Karte wieder aufgetaucht und hat uns eine

Nachricht gesendet. Er will versuchen, zum alten Kino zu kommen. Also, wenn du jetzt links runter auf die Queens Avenue gehst und dann erstmal eine Weile geradeaus, bist du auf dem richtigen Weg", teilte Milli ihr mit. Hui trat auf die Straße und begann in geduckter Haltung zu laufen. Auf der rechten Seite der Hauptstraße waren in einiger Entfernung ein paar Bäume und die waren ihr nächstes Ziel. Die wirkten bei dem Sturm zwar wenig vertrauenserweckend, aber bei dem hageldurchmischten Starkregen fiel die Orientierung sonst noch schwerer. Zu ihrer Rechten lagen Asche- und Tennisplätze, die selbst bei nächtlicher Betrachtung noch erstaunlich gut erhalten waren, ähnlich wie die Rasenflächen. Und jetzt ergab das für Hui auch einen Sinn. Wenn sich hier tatsächlich die Hairesis einen Standort aufgebaut haben sollte, wurden einige Sportanlagen wohl auch regelmäßig genutzt. Die Ascheplätze jedenfalls sahen so aus, als ob man hier noch vor wenigen Stunden Sport hätte treiben können. Beim Gedanken an die ausgebildeten Söldner, denen sie in die Hände fallen könnte, legte Hui noch einen Schritt zu und überquerte dann am letzten Baum die Straße, um diesmal die Bäume links als Schutz zu nutzen. Durch die Bäume sah sie eine ziemlich überwucherte Schwimmbadanlage. Als solche identifizierte sie diesen halben Wald sowieso nur, da sie einen Turm erkennen konnte, der wohl einmal ein Fünf-Meter-Brett gewesen war. Diese Anlage nutzte die Hairesis offenbar nicht. Wahrscheinlich hatten sie irgendwo Indoor-Pools, die sie nutzten. Dieser Pool war wohl auch einfach aus der Luft zu gut erkennbar und es war womöglich zu riskant, darin zu trainieren. Hui lief an der Swimmingpool-Anlage vorbei und kam an eine Kreuzung. „Rechts", sagte Milli schon, bevor Hui hatte fragen können. Sie lief über einen Parkplatz und auf die Brock Road.

Eine weitere Orkanböe schlug Mario und Pablo in die Gesichter. Mario hörte ein weiteres Bersten, doch schwang diesmal ein metallisches Kreischen mit. Dann sah er auch schon, wie ein Ampelkasten von seinem Mast gerissen wurde, durch die Luft auf sie zuflog und nur wenige Meter vor ihnen auf dem Waldboden zerschellte. Eine weitere Böe riss Dachziegel von einem der Wohnhäuser. Mario sah nur im Augenwinkel etwas durch die Luft fliegen, als auch schon eine der Dachziegel die Fensterscheibe eines Nachbarhauses durchschlug.

Der Sturm wehte ihnen unaufhörlich dicke Regentropfen entgegen, so dass Mario ständig die Augen zusammenkneifen musste. Er verlor völlig die Orientierung. Das Heulen des Orkans, das Rascheln der Blätter, das Klatschen des Regens und immer wieder das bizarre Spektakel der oft lilafarbenen Blitze und das ohrenbetäubende Donnern… all das musste ein einziger Alptraum sein. Im grellen Licht eines weiteren Blitzes sah Mario den von zwei Säulen und einem kleinen Vordach eingerahmten Eingang eines offenbar größeren Gebäudes. Er hielt einen Moment inne: Kein Wohnhaus, doch was es einst gewesen war, konnte Mario nicht erkennen, als Pablo ihn schon durch die gläserne Eingangstür ins Innere zerrte. „Das ist zwar bei weitem nicht so sicher wie der Bunker, aber etwas sicherer als die Wohnhäuser da draußen", schnaubte Pablo außer Atem und schob Mario durch ein Foyer, an einer verstaubten Verkaufstheke vorbei, auf eine Tür zu. „Was ist das hier?", fragte Mario. Pablo drängte ihn durch die Tür in den dunklen Nebenraum und knipste, anstatt zu antworten, seine Taschenlampe an, um sie durch den weiten Raum wandern zu lassen. Im Lichtkegel erkannte Mario alten, abgewetzten Teppichboden und darauf eine Sitzreihe nach der anderen. Was war das gewesen? Ein Theater oder das alte Kino, zu dem er ohnehin gewollt hatte? Als ob Pablo seine Gedanken gelesen hätte, sagte der auch schon in die Stille: „Wir sind hier im ‚Globe‘, dem alten Kino."

∗

Es blitzte und Hui konnte „The Globe", das alte Kino, für einen Moment deutlich erkennen. Anstatt direkt auf das Gebäude zuzustreben, suchte sie erneut Schutz hinter ein paar Bäumen, die das Gebäude einrahmten. Sie verschwand keine Minute zu früh zwischen den Bäumen, als sie auch schon eine männliche Stimme hörte: Mario. Sie wollte ihn gerade rufen, als ihr einfiel, dass er ja nicht allein war. Sie kauerte sich hinter den Baum und sah die Jungen im Schein einer Straßenlaterne geduckt durch den prasselnden Regen auf das Kino zu rennen. Vor dem Eingang blieben sie einen Moment stehen und Hui duckte sich noch ein wenig tiefer, als es hinter ihr raschelte. Sie schrak zusammen und alles drehte sich, dann wurde ihr schwarz vor Augen.

∗

Der Lichtkegel von Pablos Taschenlampe wanderte immer weiter durch den Vorführsaal, von

Sitzreihe zu Sitzreihe, und offenbarte Mario, wie viele Menschen es gewesen sein mussten, die früher im JHQ an den Abenden hierher geströmt waren, um sich von neuen Kinofilmen unterhalten zu lassen. „Der letzte Vorhang ist hier vor Jahrzehnten gefallen. Hier gibt es keine Vorführungen von Inszenierungen mehr", sagte Pablo nachdenklich. „Wie meinst du das?", fragte Mario, der überzeugt war, dass Pablo damit nicht das Offensichtliche gemeint hatte, sondern auf irgendetwas anspielte. Pablo sprach weiter, ohne auf Mario zu achten. „Ich werde es nicht mehr schaffen, dich davon zu überzeugen, in den Bunker zu gehen. Und mit jeder Minute bin ich der Meinung, dass es besser so ist." Mario spürte, dass sich gerade in seinem mysteriösen Begleiter etwas tat. Pablo schien weniger mit ihm zu sprechen, als vielmehr in Marios Anwesenheit laut zu denken. Er sprach langsamer als bis vor wenigen Momenten, schien beim Beginnen eines Satzes noch nicht zu wissen, was er eigentlich sagen wollte: „Das Unwetter ist wirklich gefährlich. Aber sobald der Sturm nachlässt, hast du keine Chance mehr, es bis an den Grenzzaun zu schaffen. Und ich habe dann auch keine Chance mehr so zu tun, als ob ich nicht alles versucht hätte, dich in den Bunker zu schaffen." Mario fuhr herum. „Was? Wovon redest du?" Pablo ignorierte ihn immer noch und monologisierte weiter vor sich hin: „Wenn keine Freunde mehr von dir da unterwegs sind, dann ist das gut. Wenn doch, dann teile ihnen mit, dass sie hier raus müssen. Sie müssen das Gelände verlassen, *bevor* der Sturm zu sehr nachlässt." Mario wurde schwindelig. Zum ersten Mal hatte er das Gefühl, dass Pablo ihn nicht belog und es wirklich gut mit ihm meinte und genau das bereitete ihm Angst. „Was zum Teufel meinst du?", fragte er erneut und fürchtete sich vor der Antwort. „Verlass doch einfach das Gelände. Jetzt. Ich kann dich bis in die Nähe des Zauns begleiten, wenn nichts dazwischen kommt. Aber das alles muss schnell passieren." Pablo zögerte, dann: „Mit dem, was ich dir gerade verraten habe, kannst du mich schon längst ans Messer liefern, wenn sie dich schnappen und du auspackst. Also kann ich dir auch noch den Rest erzählen. Ich bin mir sicher, dass du es dann verstehen wirst und das Gelände verlässt. Das wäre für uns beide das Beste."

Was Mario dann erfuhr, übertraf seine schlimmsten Befürchtungen und groteskesten Phantasien. „Der Angriff der Wetterdrohne war kein Defekt und kein Zufall. Auch der Umstand, dass ich dich gefunden habe, war kein Zufall. Ich sollte dich ‚retten', so dein Vertrauen gewinnen und dafür sorgen, dass du im Bunker bleibst – solange bis ich Freunde von dir, die noch auf dem Gelände herumstreifen könnten, auch dort hingeholt hätte. Dann wärt ihr abgeholt worden. Und glaub' mir: Dass es so gekommen ist, wie es gekommen ist, war ein wahrer Segen für euch!" Mario hörte zu, sein Herz raste, sein Atem kam stoßweise, seine Muskeln verkrampften sich. „Das Unwetter hat dir das Leben gerettet. Das, was dich da angegriffen hat, war ein Hexacopter vom Typ ‚Wetterdrohne'. Wie gesagt: Normalerweise schwebt ein ganzer Schwarm dieser Hexacopter über dem JHQ, aber sie messen nicht nur meteorologische Daten. Sie beobachten auch, was unter ihnen passiert. Sonst nichts. Sie greifen nicht an, selbst wenn sie Eindringlinge wie dich finden. Die Hexacopter kommunizieren permanent mit einem anderen Schwarm. Genaugenommen mit *Octocoptern*. Sie haben *acht* Rotoren, sind größer, schwerer - und bewaffnet. *Die* greifen an." „Und wieso ist das nicht passiert?", flüsterte Mario. „Weil die Hexacopter das Unwetter prognostiziert haben. Die Octocopter haben sich dann als intelligente, autonome Kampfsysteme zurückgezogen, da die Gefahr von Abstürzen zu groß gewesen wäre. Und wenn so ein dicker Octocopter mit Treibstoff und seinen Raketenwerfern vom Himmel fällt, dann kann das ein echtes Problem werden. Die Hexacopter sind länger auf ihren Posten geblieben, aber die haben sich auch längst zurückgezogen. Wenn der Sturm nachlässt, dann kommen zuerst die wieder aus ihren Verstecken und dann dauert es keine drei Minuten, bis das ganze Überwachungs- und Abwehrnetz wieder steht. Glaub mir, dann schaffst du es nicht mehr bis zu einem Zaun." „Aber wo sind die ganzen Drohnen jetzt?", fragte Mario, der das alles nicht fassen konnte. Pablo antwortete zunächst nicht, dann: „Wie gesagt: Das sind intelligente, auto- nome Maschinen, die nicht ferngesteuert sind. Sie analysieren ihr aktuelles Umfeld und ent- scheiden dann eigenständig, wo sie unterkrie- chen können. Ich schätze, dass einige Drohnen jetzt in verlassenen PKW-Garagen stehen, an- dere sind vielleicht in Wohnhäuser geflogen oder in die alte Windsor School. Vielleicht ha- ben sich auch einige an anderen sicheren Orten zusammengeschlossen. Vermutlich stehen ge- rade etliche Drohnen in der verlassenen Feu- erwehrwache…" „Und was macht dich so si- cher, dass hier im ‚Globe' keine Drohnen Schutz suchen?", platzte es aus Mario hervor. Pablo lachte freudlos. „Du lebst noch. Die Drohnen verstecken sich während des Unwetters zwar in den JHQ-Ruinen wie Tiere. Aber sie schlafen nicht. Sie merken: Das Umfeld ist sicher und sobald sie etwas Verdächtiges registrieren, gehen sie auf Patrouille." Mario wippte wie traumatisiert mit dem Oberkörper auf und ab, er konnte das alles nicht fassen. „Außerdem waren Türen und Fenster des ‚Globe' intakt, als wir reinkamen. Türen können diese Drohnen nicht so ohne weiteres öffnen. Daher war ich mir ziemlich sicher, dass hier kein ‚Nest' ist." Mario starrte wie hypnotisiert auf den Türrahmen, hinter dem er schemenhaft das Kinofoyer erkennen konnte. Ein Blitz erhellte kurz das Foyer, Mario zuckte zusammen. „Was ist los?", fragte Pablo nervös. „Nichts", antwortete Mario. „Ich mag keine Reptilien. Und da draußen im Foyer sitzt eine Eidechse. So ein ekliger Gecko oder sowas klebt da an der Wand." „Ein ‚Gecko'?", echote Pablo, stand hektisch auf und eilte mit seiner Lampe ins Foyer. Kurz darauf kam er zurück und leuchtete hektisch mit der Lampe über die alten Sitzreihen und den abgewetzten, blauen Teppich. Dann ließ er den Lichtkegel langsam an der Rückwand des hohen Vorführsaals hinaufklettern, immer weiter und weiter. Mario folgte dem Lichtpunkt mit Blicken. Sein Atem stockte. Unter der Decke bemerkte er im wandernden Lichtkreis dutzende schwarzer Umrisse, die in der Tat der Kontur eines Geckos ähnelten: Von dem, was ein Torso hätte sein können, spreizten sich schräg vier „Beine" ab, was Marios Assoziation mit einem an einer Wand klebenden Gecko hervorgerufen hatte. Doch beim genaueren Hinsehen bemerkte er, dass es weder Schwanz noch einen Kopf gab und dass die „Beine" in Wirklichkeit vier Streben waren, die nicht in Reptilienfüßen endeten, sondern in je einem kleinen herumwirbelnden Rotor. Einige von ihnen lösten sich von der Decke, als der Lichtstrahl sie traf. Dann schwirrten sie nahezu geräuschlos wie Fliegen umher und setzten sich nach einiger Zeit an einer anderen Stelle wieder an die Decke. „Quadrocopter", flüsterte Pablo. Angst sprach nun auch aus seiner Stimme. „Das hier sind Mikrodrohnen, nicht länger als eine Fingerspanne. Sie werden zu Spionage- und Analysezwecken eingesetzt. Clevere Maschinen. In Konfliktgebieten fliegen sie vor Militärkonvois her und überprüfen die Strecken nach sogenannten unkonventionellen Sprengfallen." „Und was machen wir jetzt?", flüsterte Mario. „Raus in den Sturm!", zischte Pablo zurück. „Sie werden uns nicht folgen. Der Sturm zerschmettert sie am nächsten Baum oder an den Mauern des ‚Globe'." Pablo behielt die Mikrodrohnen unter der Decke im Auge und ging langsam Schritt für Schritt zurück, als wollte er sich von einem aggressiven Hund entfernen, ohne Angst zu zeigen. Mario folgte ihm. Als sie das verwaiste Foyer erreichten, packte Pablo Mario am Arm und lief los. Er stieß die Kinotür auf, und schon standen sie wieder im prasselnden Regen mitten im JHQ-Wald. „Die Situation hat sich eben grundlegend verändert", rief Pablo durch den Regen. „Ich habe die ganze Sache unendlich viel schlimmer gemacht. Und zwar für uns beide, Mario!", fuhr Pablo fort und ergänzte sogleich: „Ich habe an dich Geheimnisse weitergegeben – und das während wir im Versteck eines Riesenschwarms von Spionage-Mikrodrohnen gehockt haben. Die Quadrocopter werden uns nicht verfolgen, solange es stürmt, aber sie werden das, was ich dir gesagt habe, weiterleiten. Und dann werden wir beide gejagt. Auch wenn du lebend vom JHQ-Gelände kommst: Das, was hier passiert ist, wirst du nicht mehr hinter dir lassen können. Und ich auch nicht." „Und was machen wir jetzt?", schrie Mario, um einen Donner zu übertönen.

„Wir werden durchaus versuchen, aus dem JHQ zu kommen", antwortete Pablo. „Aber vorher müssen wir noch etwas... naja etwas ‚beschaffen'. Sozusagen eine Lebensversicherung für uns. Glaub' mir Mario: Die Drohnen, die hier im JHQ umherschwirren, sind wie Wespen. Sie sind auf der Jagd und sie sind gefährlich. Aber dahinter steckt ein ganzes, komplexes Wespennest. Naja... da müssen wir jetzt hin!"

Mario wusste nicht mehr, wie lange und wie weit sie durch das JHQ gelaufen waren. Doch Pablo schien zu wissen, wo sie sich befanden und wo sich der Weg verbarg, der sie an verwaldeten Wohnsiedlungen und Militärverwaltungsgebäuden vorbeiführte auf das zu, was er zuvor wenig erbaulich als „Wespennest" bezeichnet hatte. Die Vegetation lichtete sich etwas, dann bemerkte Mario in einiger Entfernung vor ihnen ein oranges Licht zwischen den im Sturm schwankenden Bäumen. Pablo lief ein Stück vor, blieb stehen, schob die Äste ein Stück zur Seite und spähte hindurch. Dann winkte er Mario herbei und schob die Äste weiter auseinander, so als lichtete er einen Vorhang. Dahinter erblickte Mario eine in oranges Licht getauchte Straße. Vom Sturm heruntergerissene Äste und Blätter lagen auf den rechteckigen Betonplatten, aus denen die Fahrbahn zusammengefügt war. Aber es war offensichtlich, dass diese Straße von jeder Humusschicht und aufkeimenden Pflanze befreit worden und in einem guten Zustand war. Mario folgte dem Straßenverlauf mit Blicken. Wie konnte das sein? Mario hob sein Handgelenk mit der Smartwatch auf Brusthöhe und filmte mit einem kleinen Schwenk seines Arms die bei der hellen Straßenbeleuchtung gut erkennbare, perfekt gewartete Straße. Das würde ihm sonst nie jemand glauben. „Spar dir den Speicherplatz. Das, wohin uns die Straße führt, lohnt es sich zu filmen!" Pablo zeigte die regennasse Fahrbahn entlang. „In die Richtung! Aber halt dich am Straßenrand. Wenn du etwas anderes hörst als den Gewittersturm, dann spring in die Büsche und beweg dich nicht!" Bevor Mario ihm weiter folgte, tippte er noch schnell eine Nachricht an Milli und Terry: „Pablo scheint zwar ok, aber ich will Hui nicht in Gefahr bringen. Melde mich später! Mache das Headset jetzt aus." Er hörte noch einen kurzen Moment Terrys Stimme, aber da drückte er schon den Aus-Knopf, da Pablo stehen geblieben war und sich ihm zuwandte. „Beeil dich!", rief Pablo ihm zu.

Immer wieder versuchte Mario beim Laufen Fotos oder kurze Filmsequenzen aufzunehmen, doch die Bilder wurden, trotz des Verwackelungsschutzes der Kamera, meist unscharf. Er blickte gerade auf sein Display und begutachtete das Foto, das die beleuchtete, freigeräumte Straße vor dem Hintergrund eines völlig verfallenen Wohnhauses zeigte, als er fast gegen einen vor ihm liegenden Baumstamm rannte. Mario federte den Anprall mit dem Handballen ab. Der Sturm musste den Baum erst in dieser Nacht entwurzelt haben, der Stamm zog sich wie eine archaische Straßensperre über die Fahrbahn. Mario stockte der Atem. In der Mitte der Straße endete der Stamm an einem glatten Sägeschnitt. Sägemehl, das im Regen zu einem hellen Matsch verklebte, zeugte noch von der offenbar kürzlich erst erfolgten Aktion. Vor allem aber lag der Rest des Stamms einige Meter entfernt am Straßenrand und gab so genug Platz frei, um mit einem kleineren Lastkraftwagen die Straße zu passieren. Mario nahm alles mit seiner Kamera auf und machte noch mehrere Detailfotos, bis Pablo ihn erneut zur Eile drängte: „Komm schon! Wir sind gleich am Ziel!" Nach wenigen Schritten ragte ein hoher, schmiedeeiserner Zaun vor ihnen auf, zwischen dessen soliden Stangen die Vegetation hervorquoll. Mario schätzte den Zaun auf etwa drei Meter Höhe. Mit seinen geschwungenen Stacheln sollte er wohl eine gewisse Eleganz ausstrahlen, spekulierte Mario über die Motive der Erbauer dieses Zauns, während er mehrere Fotos aufnahm. Doch als er die als Überhang nach unten weisenden Spitzen im Detail fotografierte, wurde ihm erneut bewusst, dass dieser Zaun zu jeder Zeit seiner Existenz jedem nichtautorisierten Besucher unmissverständlich hatte klar machen sollen, dass man auf der anderen Seite höchst unerwünscht war. Und egal wer sich hier aus welchen Gründen und mit welchen Zielen im alten JHQ eingenistet hatte: Diese Bedeutung hatte der Zaun behalten. Sie rannten den regennassen Gehweg an dem Zaun entlang, bis sie ein hohes Tor erreichten. Jetzt wusste selbst Mario aus alten Bildern, wo sie waren: Jenseits des Zauns und des angrenzenden Vorplatzes lag das Big House, in dem einst die oberste Zentrale der Joint Headquarters residiert hatte. Doch das hier war längst nicht mehr das Hauptquartier der NATO-Bündnispartner. Hier hatte sich etwas eingenistet, von dem Mario spürte, dass Gefahr davon ausging. Halb in den Büschen, die den Zaun fast verschlangen, versteckt, bemerkte Mario einen hüfthohen Metallpfosten, auf dessen abgeschrägter Oberseite ein rotes Licht leuchtete. „Jetzt sehen wir, ob wir ein Problem haben oder ein Riesenproblem", murmelte Pablo und drückte den Daumen auf das rote Licht, das wenige Augenblicke nach der Berührung erlosch. Mario filmte die Szene. Dann leuchtete ein grünes Licht unter Pablos Daumen auf. Er grinste Mario erleichtert an. „Das bedeutet, wir haben nur ein Problem!" Ein metallisches Klacken ertönte, als sich wohl ein Schloss entriegelte, dann öffnete sich langsam und quietschend das Tor. „Wir haben Glück! Entweder haben die Spionage-Drohnen unseren aufgezeichneten Dialog noch nicht hierher übertragen, aber wahrscheinlicher ist, dass wegen des Unwetters einfach noch keiner die Zeit gehabt hatte, die Aufzeichnung auszuwerten und eine Sperrung meiner Zugangsdaten zu veranlassen, denn sonst hätte ich gerade einen Alarm ausgelöst und nicht das Tor aufbekommen!", erklärte Pablo. „Trotzdem: Die Lage bleibt problematisch genug." Mario ließ die Kamera mitlaufen, während sie über den Vorplatz des Big House liefen, auf dem früher einmal auf einem gemauerten Rondell die Flaggen der NATO-Mitgliedsstaaten Besucher begrüßt hatten. Sie stiegen die Stufen zum Eingangsportal hinauf, das Pablo erneut mit einem Fingerabdruck- scan öffnete. Dann betraten sie das Big House und sofort war klar, dass das Residieren des NATO-Bündnisses längst Geschichte war. HAIRESIS INITIATIVE – GESELLSCHAFT FÜR GESUNDHEITS- UND ELITEFÖRDERUNG be- grüßte sie ein stählerner Schriftzug an der Wand, den ein glänzender Globus zierte. „Kein Signal!", blinkte rot der Warnhinweis auf Marios Smartwatch-Display. „Es gibt hier eine Abschirmung. Du kannst nichts senden oder empfangen", erklärte Pablo knapp. Doch Mario gingen gerade ganz andere Dinge durch den Kopf. „Hairesis-Initiative? ...Ist das nicht eine Sekte?" „Naja, der Verfassungsschutz sagt, wir sind eine Sekte", gab Pablo zurück. „Organisationen wie Transparency Internati- onal und auch zunehmend Amnesty Internati- onal und etliche Bürgerrechtsorganisationen sagen, wir seien etwas Schlimmeres als eine Sekte." Mario nahm ein Foto von dem metal- lisch glänzenden Schriftzug auf. Dabei merkte er, wie sehr seine Hände zitterten. „Und was sagst *du*?", fragte er Pablo, wobei er sich vor der Antwort fürchtete. Pablo blickte ebenfalls zu dem metallisch glänzenden Schriftzug hin- auf, schien zu überlegen, dann sagte er: „In jedem Fall sind wir sehr viel mehr als eine Sekte. Und jetzt komm! Wir sind noch nicht in Sicherheit." Sie liefen die langen Korridore entlang. Einige präsentierten sich in eleganter Holzvertäfelung und kleinen Kronleuchtern unter der Decke, andere waren schlichte Bürokorridore. „Die Ausstattung besteht überwiegend aus Relikten der britischen Streitkräfte", erklärte Pablo im Laufen. „Modern ist die Videoüberwachung. Wir haben aber Glück, dass gerade der Gewittersturm alle in Atem hält. Im Moment wird jeder da draußen gebraucht und ist im Einsatz. Das habe ich mir schon gedacht, da auf dem Vorplatz kein einziges Fahrzeug mehr stand, als wir ankamen. Vermutlich sind die meisten Richtung Kraftwerk, ‚Water Works' und einiger Lagerhallen unterwegs." „Und wann kommen ‚die' wohl zurück? Und wie viele sind ‚die'?", fragte Mario. „Wann? Vielleicht in ein paar Stunden, vielleicht in ein paar Minuten. Wie viele? Wenn alle zurück sind: 150 Führungskräfte und Administratoren plus 500 Contractors!" Pablo blieb vor einer zweiflügligen Holztür stehen. Offenbar verbarg sich hinter der Tür etwas, das mit besonderer Vorsicht gehütet wurde, denn Pablo musste nicht nur seinen Daumen auf den Scanner legen, sondern auch einen mehrstelligen Code in ein Tastenfeld eintippen. Die Tür öffnete sich automatisch und gab den Blick frei auf einen holzgetäfelten Raum mit Konferenztisch und einem Rednerpult, neben dem zwei großformatige Bildschirme hingen. Pablo schob Mario hinein. „Das ist der ehemalige ‚GOC's Conference Room‘. Früher war dieser Raum die Herzkammer des JHQ, heute ist er es für die Hairesis-Initiative."

„Warum hast du in der Hairesis-Initiative so einfach Zugang zu solchen Räumen?", fragte Mario. „Mein Großonkel – Paolo Cambiare – hat das alles entscheidend mitgeplant und aufgebaut. Er hat das, was wir hier geschafft und geschaffen haben, erst möglich gemacht. Er hat für die Hairesis-Initiative getötet und wurde deswegen von einem Angehörigen eines Opfers gefangen genommen und festgehalten. In seiner Akte steht, dass er ‚übergelaufen‘ wäre, sich mit dem Gegner solidarisiert und dem sogar das Leben gerettet hätte. Ich weiß nicht, was damals passiert ist. Da aber ein Grundpfeiler der Hairesis-Initiative der Glaube an die Überlegenheit der ‚starken Gene‘ ist und mein Großonkel hier einen sehr hohen Stellenwert hatte, bekam ich eine gute Startposition, die ich nutzte. Und das, obwohl es einen langen Prozess mit etlichen Gutachten vor einem internen

Erbgerichtshof gab, der darüber urteilte, ob Paolo Cambiares ‚Feind-Rettung' anlagenbedingt gewesen war und ob deswegen seine ganze Familie heruntergestuft oder sogar ausgeschlossen werden sollte. Der interne Erbgerichtshof entschied aufgrund der Gutachten, dass es keine genetischen Ursachen waren. Die Tatsache, dass ich dir im Kino das gesagt habe, was ich dir gesagt habe, würde den Prozess sicher neu aufrollen." Erbgerichtshof? Solche Begriffe kannte Mario sonst nur aus dem Geschichtsunterricht, als es um „Euthanasie" und Sterilisation im Dritten Reich gegangen war. Hatte diese Sekte etwa eigene Gerichtsbarkeiten installiert, die da schalten und walten durften? „Was entschied dieser ‚Erbgerichtshof' über Paolo Cambiare?", hakte Mario nach. „Seine Gene waren ja okay", begann Pablo schleppend, aber sein Verhalten galt als ‚missionsschädigend'. Sie haben ihn ermordet und seine Leiche neben einer Bahnstrecke am Rheinufer in der Nähe von Düsseldorf liegen lassen. Als ich das in der Akte gelesen hatte, hat mich das immer wieder an den Zielen der Hairesis-Initiative zweifeln lassen – was genaugenommen schon eine Straftat darstellt." „Und jetzt?", wollte Mario wissen. Pablo schaltete einen der Monitore ein, das stählern glänzende Logo der Hairesis-Initiative leuchtete vor einem kühlblauen Hintergrund auf. „Und jetzt", griff Pablo Marios Frage auf, „jetzt sind meine Grübeleien, ob ich hierher gehöre und ob ich das Richtige tue, vorbei. Zurück kann ich nicht mehr, selbst wenn ich es wollte. Aber vielleicht ist das auch besser so. Jetzt kann ich nur hoffen, dass der Fluchtplan, den ich mir in meinen Grübelnächten zurechtgelegt habe, funktioniert. Zugegeben. Das Unwetter und du begünstigen ihn auf eine Weise, wie ich es mich nie getraut hätte einzuplanen. Sowas könnte man glatt als das Zeichen und Wirken einer höheren Macht deuten. Aber nach den Vorstellungen der Hairesis-Initiative liegt die größte Macht in den Genen beziehungsweise in der stärksten Vereinigung der genetischen Elite – also der Hairesis-Initiative. Jetzt können wir beide nur hoffen, dass wir hier rauskommen und dass das, für das ich mich seit meinem 14. Lebensjahr eingesetzt habe, niemals Wirklichkeit werden wird." Mario schluckte, sein Hals war so trocken, dass er schmerzte. „Mein Rettungsplan sieht folgendermaßen aus", begann Pablo, der plötzlich wieder selbstbewusster und energiegeladener klang als zuvor. „Wenn wir hier *rauskommen*, werden wir *nicht weit kommen*. Und selbst wenn – die spüren uns in kürzester Zeit auf und dann war's das. Wir beide brauchen also eine Lebensversicherung, die auch dann noch funktioniert, wenn die wissen, wo wir sind. Und das dauerhaft. Ich bin deine Lebensversicherung, Mario. Meine und damit deine Lebensversicherung sieht so aus: Ich werde hier jetzt ein internes Filmdokument abspielen, dessen Inhalt genug Beweise liefert, um die Hairesis-Initiative international zu verbieten oder sogar als terroristische Vereinigung einstufen zu lassen. Was nach solchen juristischen Schritten kommt, wird nicht schön. Aber mit etwas Glück und Opferbereitschaft ist die Welt die Hairesis-Initiative dann relativ bald los. Aus Sicherheitsgründen kann man dieses Filmdokument nicht auf einen Datenträger kopieren. Ich werde es also abspielen und mit meiner Smartwatch abfilmen müssen. Danach muss ich es in eine Daten-Cloud hochladen. Ich habe bereits vor einiger Zeit eine eingerichtet. Die Daten darin sind absolut sicher und als Kopien auf verschiedenen Servern weltweit abgelegt. Die Cloud ist so eingerichtet, dass sie die abgelegten Daten – also den abgelegten Beweisfilm – nach 24 Stunden automatisch an mehrere hundert E-Mailadressen von Journalisten, Bloggern, Sicherheitsbehörden und Politikern sendet. Es sei denn, ich schicke einen Code an die Daten-Cloud. Dann passiert in den nächsten 24 Stunden nichts. Sechs Stunden, nachdem ich das Filmdokument an die Cloud geschickt habe, geht eine vorbereitete Mail an die wichtigsten Leute der Hairesis-Initiative, in der ich den Sachverhalt erläutere und klar mache, dass sie hoffen sollen, dass mir nichts passiert. Die sechs Stunden sollten wir sicherheitshalber nutzen, so weit wie möglich wegzukommen. Aber selbst wenn sie uns noch auf dem JHQ-Gelände schnappen, sind wir ‚versichert'. Hoffen wir, dass sie nicht direkt auf uns schießen. Wenn wir hier raus sind und etwas Luft haben, werde ich außerdem die Mail noch so anpassen, dass du, deine Freunde und deine Familie ebenfalls geschützt sind. Ob das alles funktioniert, weiß ich nicht. Wir haben nur einen Schuss und der muss sitzen, denn auch ein angeschossener Bär kann noch gefährlich sein. Okay?" „Okay", nickte Mario. Pablo legte seine Smartwatch auf den Tisch, richtete sie auf den Monitor aus und tippte auf ein in die blank polierte Tischplatte eingelassenes Tastenfeld. „Ach ja, das hätte ich fast vergessen", sagte er dann, „nicht nur deine Smartwatch ist hier blockiert, auch meine. Die Daten bekommen wir also nur in die Daten-

Cloud, wenn wir es schaffen, aus dem Big House zu kommen. Wir müssen es auf den Vorplatz, oder meinetwegen auch auf das Dach schaffen – egal! Nur, sie dürfen uns nicht hier drinnen schnappen, sonst sind wir geliefert! Pablo wandte sich dem Monitor zu. „Wir fangen an. Setz dich lieber." Das Logo der Hairesis-Initiative verschwand, und auf dem Bildschirm erschien der Hinweistext: *„Streng geheimes Filmdokument! – Vorführung für unautorisierte Personen sowie jede Form der Speicherung, Vervielfältigung oder Weitergabe ist strengstens untersagt!"* Dann startete der Film. Er konnte bereits in den ersten Sekunden mit der optischen Qualität eines Kinofilms mithalten. Man sah einen Wald, gefilmt aus großer Höhe. Der Film musste aus einem sehr schnell fliegenden Flugzeug aufgenommen worden sein, vermutete Mario, als unten im Bild der Schriftzug *„Aufnahme von einer Mikro-Drohne der Hairesis-Initiative"* eingeblendet wurde. Die Mikro-Drohne raste über die Baumkronen und dahinter kam das Big House in Sicht. Elegant schnellte die Mikro-Drohne nur knapp über den Zaun hinweg, sank ab und raste so nah über dem Boden, dass Mario die Fugen zwischen den Pflastersteinen erkennen konnte. Im nächsten Moment stieg die Mikro-

Drohne empor, flog durch das offenstehende Eingangsportal des Big House die Korridore entlang, die Mario und Pablo noch vor Minuten selbst durchlaufen waren, direkt auf die offene Tür des GOC's Conference Room's zu. Er fuhr erschrocken zur Eingangstür herum, als müsste die Drohne jetzt tatsächlich durch die Tür geschossen kommen. Einen Moment war es für Mario noch irritierend, den Raum auf dem Monitor zu sehen, in dem er gerade selbst saß. Doch im Film waren die Stühle um den Konferenztisch voll besetzt und selbst in den wuchtigen Sesseln vor der holzvertäfelten Wand saßen Männer und Frauen in teurer Businesskleidung. Am Rednerpult, hinter dem der Film gerade ablief, sah Mario einen großgewachsenen Mann in Nadelstreifenanzug stehen, auf den alle Blicke gerichtet waren und auf den die Mikro-Drohne zuflog.

*

Das Erste, was Hui spürte, als sie das Bewusstsein wieder erlangte, war Stoff unter ihren Händen. Sie öffnete die Augen und setzte sich unmittelbar auf. Das war ein Fehler, denn ihr wurde sofort wieder schwindelig. „Wo bin ich?", fragte sie. Sie sah sich in dem Raum um. Raum war der falsche Begriff, es war eher ein Saal. Sie saß auf einem Sofa mitten in diesem Saal. Die Wände des Raumes waren mit Holz verkleidet, die Decke und der obere Teil der Wände waren weiß, der Boden aus hellem Parkett und direkt vor ihr war ein großes Gemälde angebracht. Ein Familienporträt von Abraham Grundman und seiner Familie. Abraham saß auf einem Sofa zwischen seiner Frau und dem gealterten Adam Grundman. Die sieben Kinder umringten das Sofa. Hui runzelte die Stirn. Ihr kam der Saal bekannt vor. Sie erinnerte sich, einmal auf einem alten Foto aus dem JHQ gesehen zu haben, dass es dort irgendwo solch einen Saal gegeben hatte – aber in dem hatte ursprünglich ein Porträt der jungen Queen Elisabeth der Zweiten gehangen. Sie gruselte sich erneut bei dem Gedanken, welche Bedeutung diese Sekte Adam und Abraham Grundman verlieh. Jetzt erst wurde ihr klar, dass sie keine Antwort bekommen hatte. „Hallo? Wo bin ich?", wiederholte sie. „Sie sind in einem Saal des ehemaligen Big House", antwortete eine weibliche Stimme und eine dunkelhaarige Frau mittleren Alters in einem Arztkittel betrat den Raum. Hui nahm unauffällig den Kopfhörer aus ihrem Ohr und ließ ihn im Kragen verschwinden. Sie lächelte die Frau unsicher an.

„Und wie bin ich hierhergekommen?" – „Genau
weiß ich das auch nicht. Einer der Sicherheits-
leute hat Sie ohnmächtig auf dem Gelände gefunden und zu mir gebracht. Eigentlich hätte
ich Sie direkt in meinen Praxisraum bringen
lassen, aber ich dachte, dieser Raum ist vielleicht weniger erschreckend, wenn man zu
sich kommt und nicht weiß, wo man ist." Sie
lächelte Hui an und kam langsam auf sie zu.
Hui richtete sich nun vollends in eine sitzende
Position auf und ihr Körper spannte sich.
Noch wusste sie nicht, ob diese Frau Freund
oder Feind war und auch nicht, was sie tun
sollte, wenn Letzteres zutraf. Die Frau trat bis
zu dem Sofa an sie heran und streckte ihr die
Hand entgegen, um ihr beim Aufstehen zu helfen. „Mein Name ist übrigens Dr. Marie Langner und wer sind Sie?", fragte die Frau freundlich und half Hui beim Aufstehen, die auch
prompt schwankte. „Ich bin Hui Quan, kein
Doktor." – „Sie sind immer noch nicht sicher
auf den Beinen. Dann nehme ich Sie jetzt doch
besser mit in meinen Praxisraum, da schau ich
mir mal ihre Vitaldaten an. Ich kann Ihnen
auch einen Kaffee machen, vielleicht ganz gut
für Ihren Kreislauf." Hui nickte. Was sollte sie
auch tun? Ihr war ziemlich erschreckend bewusst, dass sie in ihrer momentanen Verfas-

sung keine wirkliche Wahl hatte. Sie würde sich weder verteidigen noch fliehen können und so wie es aussah, konnte sie nicht mal um Hilfe rufen, da sie offenbar keine Verbindung zu Milli und Terry bekam. Also konnte sie auch erst einmal mitspielen. Kaum war sie ein paar Schritte gegangen, da knickten ihr die Beine weg. Den Rest des Weges durch einen langen Korridor stützte Dr. Langner sie. Der Praxisraum war karg und modern eingerichtet. Außer einigen Laborschränken, einem Schreibtisch mit Computermonitoren und einer ziemlich instabil wirkenden, zusammenklappbaren Pritsche in der Mitte war der Raum leer. Hui setzte sich auf die Pritsche und sah sich um. Auf den Türen der Laborschränke waren jede Menge Warnhinweise angebracht. Es führte nur eine Tür aus dem Zimmer, in die ein kreisrundes Fenster eingelassen war. Dr. Langner schnallte ihr ein Gerät um das Handgelenk, das sofort warm wurde. Hui wusste, dass dieses Gerät gerade ihre Vitalfunktionen scannte. Währenddessen tippte Dr. Langner etwas am Computer. Hui spürte, wie langsam ihre Kräfte zurückkamen, aber sie hatte keine Ahnung, wie sie fliehen sollte. Das Gerät piepste und Dr. Langner wandte sich ihr wieder zu und nahm das Gerät in die Hand. „Ihre Vitaldaten sehen eigentlich ganz gut aus, überraschend gut sogar. Nur Ihr Blutzucker ist niedrig. Vielleicht hat Ihr Kreislauf deshalb verrückt gespielt. Ich hole Ihnen besser einen Kaffee und etwas zu essen." Frau Langner wandte sich zur Tür. „Nicht nötig!", sagte Hui schnell und fischte einen eingeschweißten Keks aus ihrer Jackentasche. Sie hatte es noch übertrieben gefunden, dass Milli darauf bestanden hatte sich etwas Verpflegung mitzunehmen, aber jetzt war sie ihr unendlich dankbar. Sie würde niemals etwas anrühren, das diese Frau ihr gab. So nett sie auch schien, gehörte sie schließlich zu einer Sekte, die nicht lange diskutierte, wenn ihr etwas im Weg stand. Hui lächelte die Ärztin an und packte ihren überdimensionalen Schokoladenkeks aus. „Aber doch einen Kaffee dazu? Das Koffein könnte Ihren Kreislauf in Schwung bringen", bot Dr. Langner an. Hui lächelte wieder und zog einen Becher aus der anderen Jackentasche. „Schwarzer Tee mit Honig", entgegnete Hui und nahm einen Schluck. Dr. Langner nickte: „Nochmal zu Ihren Vitalwerten. Die sind wirklich außergewöhnlich, und bei der Übertragung auf den Computer habe ich festgestellt, dass Sie schon im System sind. Wir haben vor fünf Jahren an Ihrer Schule einen kostenlosen

Gesundheitscheck durchgeführt, sowas macht unsere Organisation an allen Schulen in der Umgebung. Und Ihre Testergebnisse sind wirklich beeindruckend. Sie sind sehr fit." – „Ich mache seit meinem fünften Lebensjahr Kampfsport. Mittlerweile ist da schon einiges an Sportarten zusammengekommen: Judo, Karate und noch einige andere", antwortete Hui. „Und diese Affinität zu fernöstlichen Kampfsportarten haben Sie von der asiatischen Seite Ihrer Familie, nehme ich an?", hakte Dr. Langner nach. „Nein, lustigerweise nicht. Es stimmt, mein Vater ist Chinese. Er traf meine Mutter, als sie als Übersetzerin in China war. Sie spricht fließend Mandarin. Aber die Affinität zum Kampfsport hab ich meinem Großvater mütterlicherseits zu verdanken. Ich glaube, er hat meine Mutter in der Sekunde zum Kampfsport angemeldet, als er erfuhr, dass es ein Mädchen werden würde, und bei mir sah es genauso aus. Es hat mir aber immer viel Spaß gemacht und das tut es noch. Später kamen Schwimmen und Laufen hinzu." – „Ich muss sagen, Sie sind eine vielseitig begabte junge Frau, denn nicht nur die körperlichen Daten sind überragend. Sie haben auch großartige Noten. Oh, und hier steht, Sie haben damals als künftigen Berufswunsch Ärztin angegeben. Ist das immer noch so?", fragte Dr. Langner weiter. „Ja, dabei ist es geblieben!", antwortete Hui. „Darf ich fragen, wieso Sie Ärztin werden wollen? Nicht, dass ich diesen Wunsch nicht nachvollziehen kann, aber meines Erachtens hat jeder eine sehr persönliche Motivation." – „Ja, eine ziemlich persönliche sogar. Meine Mutter wünschte sich, als ich etwa fünf Jahre alt war, ein zweites Kind. Mein Vater und sie hatten sich recht spät gefunden, aber unmöglich war es sicher nicht. Sie versuchte drei Jahre lang schwanger zu werden, sie hatte in der Zeit zwei Fehlgeburten und schließlich versuchten sie es mit künstlicher Befruchtung. Diese Prozedur war eine Qual. Das Warten und Bangen und die Enttäuschung. Es hat nie geklappt. Ich habe damals beschlossen, eines Tages Medizinerin zu werden und in die Forschung zu gehen, um dort diese Prozedur zu verbessern, zu beschleunigen und zu vereinfachen, wenn möglich", erzählte Hui. „Wissen Sie, dass wir eine hochmoderne eigene Fertilisationsklinik haben? Unsere Initiative investiert sehr viel Geld in die Forschung und mit Ihren Noten und Ihrem sportlichen Engagement sollten Sie problemlos ein Stipendium an unserer Eliteuniversität bekommen. Wir helfen nicht nur Paaren mit Kinderwunsch, wir helfen auch alleinstehenden Frauen. Wir haben eine eigene Samenbank nur mit den besten Spendern: Nobelpreisträger, Spitzensportler und wir arbeiten gerade an einem Verfahren, diese Erbanlagen zu verknüpfen. Wir sind führend im Bereich der Genetik. Wir bieten sogar ein genetisches Matching auf unserer Datingseite an. So findet man den faktisch tatsächlich besten Partner fürs Leben. Es gäbe also vielfältige Möglichkeiten im Bereich der Genetik für Sie. Wäre das nicht etwas?", fragte Dr. Langner und setzte sich auf den Schreibtischstuhl. Sie klang etwas zu sehr wie ein Werbeprospekt, fand Hui. Es war sicher nicht schlau, der Ärztin in einem Raum mit nur einer Tür zu sagen, dass sie von dieser Sekte ungefähr so viel hielt wie sie Chancen hatte, hier auf eigene Faust rauszukommen. Sie entschloss sich mitzuspielen. Lächelnd sagte sie: „Das klingt ja großartig. Und diese genetische Forschung betreiben Sie hier? In diesem Raum?" – „Nein", Frau Dr. Langner lachte, „wir haben riesige, hochmoderne Labors." Hui grinste noch breiter: „Könnten Sie mir die vielleicht zeigen? Das würde mir die Entscheidung sicher erleichtern." – „Aber natürlich gerne!"

Als die Drohne im Film einen Abstand erreichte, der es ihr erlaubte, den Anzugträger am Podium des GOC's Conference Room's so zu filmen, dass es fast wie eine Pressekonferenz des Weißen Hauses wirkte, blieb die Mikro-Drohne offenbar in der Schwebe stehen. Die Inszenierung ging weiter. „Guten Tag!", begrüßte der Anzugträger sein reales und imaginäres Publikum. „Mein Name ist Gunnar Boldar. Ich bin der Projektleiter der ‚Alternative Null'. Es freut mich, Ihnen die Vision und Mission dieses epochalen Projekts zu präsentieren. Wir befinden uns hier auf historischem Boden, nämlich dem ehemaligen NATO-Hauptquartier in Mönchengladbach, das an einem Freitag, dem 13., im Dezember 2013 geschlossen wurde. In den Jahren danach lag es überwiegend brach. Die Hairesis-Initiative – die damals schon ein wichtiges Center in Düsseldorf betrieb – hatte seinerzeit versucht, dieses perfekte Gelände zu kaufen. Doch die Bima – das war zu dieser Zeit die Bundesanstalt für Immobilienangelegenheiten –, die damals in Kooperation mit der Stadt Mönchengladbach zu dem Verkauf berechtigt war, lehnte unser Ansinnen stets ab. Das hatte sicher mit dem Stempel ‚Sekte' zu tun, den uns der Verfassungsschutz verpasst hatte, nachdem der Polizist Oskar Pelzer eine Ermittlung gegen die ‚Sekte Hairesis-Initiative' erwirkt hatte." Mario blieb die Spucke weg: Polizist Oskar Pelzer? Das war doch der Großvater von Hui Quan! Die Vorstellung, dass Hui die Enkelin des Polizisten war, der der Hairesis-Initiative offenbar so zugesetzt hatte, dass es noch Jahre später in diesem Film erwähnt wurde, verblüffte ihn. Aber die Tatsache, dass Hui dieser Sekte hier in die Fänge geraten könnte, trieb Mario den Angstschweiß auf die Stirn. Der Projektleiter fuhr im Film fort: „Aber wie Sie sehen: Wir sind hier. Und *wir sind viele.* Wie immer hat die Hairesis-Initiative ihre Ziele erreicht!" Das Auditorium im Film applaudierte. Boldar lächelte, dann erklärte er: „Wir sind schleichend hierhergekommen. Nach der Schließung wurde das Gelände von einer Sicherheitsfirma bewacht. Wir haben an der Ausschreibung für diesen Auftrag teilgenommen, wurden aber abgelehnt. Leider stellte sich die beauftragte Sicherheitsfirma als nicht kompetent genug heraus, da es vermehrt Einbrüche und Zwischenfälle auf dem Gelände gab." Gunnar Boldar lächelte sarkastisch, so dass für Mario kein Zweifel daran bestehen blieb, welche Organisation für diese Geschehnisse verantwortlich gewesen war. „Irgendwann hat es auch die Stadt Mönchengladbach, die das Gelände inzwischen gepachtet hatte, eingesehen, dass es *keine Alternative* zu dem Sicherheitsdienst der Hairesis-Initiative gab. Die Stadt zahlte für fünf Wachmänner, die mit der zurückgelassenen Uralt-Videoüberwachung der Briten Metalldiebe und Vandalen stellen und anzeigen sollten." Das breite Grinsen in Boldars Gesicht verriet, dass ihn sein eigener Sarkasmus amüsierte, als er sagte: „Und was hat Mönchengladbach bekommen – ohne es zu wissen? Ein *neues* Hauptquartier! Ein Testgelände! Ein Simulations- und Übungszentrum für die ‚Alternative Null'!" Erneuter Applaus aus dem Auditorium, während Gunnar Boldar unbeirrt weiter dozierte: *Wir* sind viel mehr als eine Glaubensgemeinschaft, die von der Macht der Gene überzeugt ist! *Wir* bieten mehr als Intelligenz-, Gesundheitstests und ‚Gen-Checks' an, über die wir potentielle neue Mitglieder identifizieren und rekrutieren. *Wir* haben ein Firmen*imperium* geschaffen, das uns hilft, unsere gesellschaftliche Monopolstellung einzufordern und durchzusetzen!" Erneuter Applaus aus dem Auditorium, diesmal euphorischer als zuvor. Das Bild wechselte und zeigte nun das Foto eines Soldaten mit britischen Militärabzeichen an der Uniform. Boldars Stimme hörte man weiter aus dem Off: „Der Brite Tim

Spicer – er war einer der ersten Großen der Branche, in die auch wir eingestiegen sind und in der wir *weltweit führend* geworden sind! Spicer war ursprünglich nur ein einfacher Soldat der ‚Scots Guards'. Doch er war gut – ausgebildet in der britischen Spezialeinheit SAS und an der berühmten Militärakademie Sandhurst. Eingesetzt war er als Offizier im Bürgerkrieg in Nordirland, auf Zypern, auf den Falklandinseln und später im Balkankrieg in Bosnien – außerdem auch bei der *Rheinarmee* in Deutschland. Er war der Erfinder der Bezeichnung ‚*private Militärfirma*' und, wie erwähnt, ebenfalls einer der ersten großen Unternehmer dieser Branche. Die Hairesis-Initiative, die bereits 1953 in diesen Bereich eingestiegen war, damals unter der Leitung von Gründervater Adam Grundman, erlebte etwa ein halbes Jahrhundert später eine immense Expansion in diesem Bereich, nun unter dem Management von Paolo Cambiare, der, wie Sie alle wissen, eine sehr umstrittene Persönlichkeit darstellte." Mario blickte kurz zu Pablo hinüber. Der saß angespannt da, das Gesicht wie versteinert und ballte die Fäuste. Offenbar setzte ihm das genetische Erbe seines Großonkels mehr zu, als er zugeben wollte. „Wir, die Hairesis-Initiative, rekrutieren dafür nicht nur genetisch hervorragende Personen, die das soldatische Handwerkszeug perfekt beherrschen", verkündete Boldar gerade, als das Bild wieder wechselte und der Konferenzraum erneut zu sehen war. Offenbar machte die Drohne einen Rundflug durch den Raum und filmte vor allem die strahlenden Gesichter des Auditoriums – alles athletische, gutaussehende Männer und Frauen in teuren Anzügen und Kostümen, während Boldar erläuterte: „Wir zählen bei unserem Militärdienstleistungsunternehmen auch auf kompetente Manager, Waffenhändler, auf Kriegsgerät spezialisierte Ingenieure, Luft- und Raumfahrttechniker, IT-Fachleute, verschiedene Übersetzer, erfahrene Piloten und Logistiker, die wissen, wie man Menschen und Material in kürzester Zeit um den Globus befördert. Was wir machen?", stellte Boldar die rhetorische Frage. Dann blinkten auf dem Bildschirm Begriffe auf, die der Projektleiter aus dem Off gleichzeitig vorlas. Schnell füllte sich der Bildschirm. „Personen- und Sachschutz, Risikoanalyse, Krisenmanagement, Ausbildung und Training, strategische Planung, Flugdienste, Systeme zur Missionsplanung – das sind unsere Kernbereiche. Wie andere private Militärfirmen bieten auch wir alle Dienstleistungen inklusive dazugehöriger Ausrüstung, die in Bezug auf äußere Sicherheit theoretisch den nationalen Streitkräften oder den militärischen Abschirmdiensten oder auch dem Auslandsgeheimdienst unterliegen. Unsere Angebotspakete im Bereich der inneren Sicherheit entsprechen inhaltlich und qualitativ der Arbeit von Polizei, Zoll, Grenzschutz und Inlandsgeheimdienst. Wie andere Militärdienstleistungsunternehmen haben wir vier tragende Säulen: ‚Sicherheit', ‚Ausbildung', ‚Intelligenz' und ‚Logistik'." Das Bild wechselte. Mario zuckte zusammen. Man sah nun Männer mit schweren Kampfmonturen in Wüstentarnfleckmustern über einen Schutthaufen klettern, es wurden Befehle gebrüllt, es wurde geschossen, sich geduckt und weiter gekämpft. Dann explodierte im Hintergrund ein gigantischer Feuerball, der ein bereits kugeldurchsiebtes Betongebäude zerfetzte. Mission erfüllt. Szenenwechsel: Statt der Wüstenkulisse sah man nun Männer in Kampfmontur und mit modernsten Gewehren in den Händen durch einen tropischen Sumpf waten. Vor ihnen eine kleine Gruppe Männer in zerfetzter Kleidung und mit gefesselten Händen. Mario bemerkte, dass die Männer zwar aussahen wie Soldaten und auch offenbar genauso agierten, dass jedoch keiner von ihnen nationale Uniform- oder Rangabzeichen trugen. „Egal, ob aktiver Kampfeinsatz in Afghanistan oder das Zerschlagen von Drogenringen in Kambodscha", hörte man Boldars Stimme stolz aus dem Off, während das Bild erneut wechselte und einen mit bunten Containern vollbeladenen Ozeanriesen zeigte. „Egal, ob Piratenabwehr vor Somalia oder das Bewachen von Atomkraftwerken in der Heimat", fuhr Boldar fort, und das Bild wechselte erneut, um nun zwei Männer in blauen, uniformähnlichen Hemden zu zeigen, die in einer Überwachungszentrale etliche Bildschirme im Auge behielten, die verschiedene Blickwinkel vom Außengelände eines Atommeilers zeigten. „Was uns antreibt?", ertönte Boldars Stimme wieder: „Das Geld. Militärdienstleistungen, ‚Sicherheitsdienste' oder wie sich die Akteure der Branche nennen, sind traditionell profitable Einnahmequellen. Hier ein paar historische Beispiele: Anfang des Jahrtausends erhielt das Unternehmen *Aegis Defence Services* im Irak *293 Millionen Dollar* für seine Dienstleistungen. Das bekannte Unternehmen *Black Water*, das sich später in *Academi* umbenannte, bekam 2003 ohne Ausschreibung den *27-Millionen-Dollar-Auftrag* für den Schutz von Botschafter Paul Bremer, dem damaligen Chef der provisorischen Übergangsverwaltung der Koalition

240

im Irak. Die Firma übernahm die Aufträge des Schützens sämtlicher nachgefolgter US-Gesandten. Nach dem eben erwähnten Vertrag erhielt Black Water allein vom amerikanischen Außenministerium Aufträge, die dem Schutz von Diplomaten dienen sollten, im Wert von *über 700 Millionen Dollar!* Ein letztes Beispiel: Die englische private Militärfirma *Erinys* war vom amerikanischen Verteidigungsministerium beauftragt worden, im Irak Pioniereinheiten und technische Truppen zu schützen. Der Wert des Auftrags: *50 Millionen Dollar!* Übrigens, Chef von *Erinys* war der ehemalige britische Soldat Andy Melville, der zu diesem Zeitpunkt 24 Jahre alt war." Das Bild wechselte wieder und zeigte erneut den holzgetäfelten Konferenzraum mit Boldar am Rednerpult und dem Auditorium um den Konferenztisch. „Es gibt weitere Umstände, die das Betreiben einer Militärdienstleistungsfirma attraktiv machen. Ein historisches Beispiel verdeutlicht auch das: Am 16. September 2007 kam es auf dem Nisour-Platz in Bagdad zu einem blutigen Zwischenfall wegen eines von Black Water eskortierten Konvois. 17 Iraker starben, mindestens 24 wurden verletzt. Der Konvoi wurde nicht angegriffen. In diesem Zusammenhang stellte sich heraus, dass der Aufraggeber Black Waters – das amerikanische Außenministerium – den Black Water-Mitarbeitern eine partielle Immunität zugesagt hatte, was bedeutete, dass keine der Aussagen, die die Black Water-Mitarbeiter gegenüber Ermittlungsbehörden machten, gegen sie verwendet werden durften." Mario schüttelte den Kopf. Das konnte doch alles nicht wahr sein! Doch Gunnar Boldar setzte noch einen drauf: „Können wir uns etwas Besseres vorstellen als solch ein Entgegenkommen der beauftragenden Regierungen? *Ja – können wir!* Denn Verträge, die man mit einem privaten Militärunternehmen schließt, sind juristisch *Privatverträge.* Dritten muss keine Einsicht gewährt werden. Auch nicht, wenn es sich um Parlamentarier handelt. Auch dafür gibt es bereits in der Historie Beispielfälle: Die Regierung unter Georg W. Bush gab – selbst auf Anfrage von amerikanischen Abgeordneten – keine vollständige Aufstellung heraus, aus der hervorgegangen wäre, wie viele private Militärfirmen beispielsweise im Irak unter Vertrag standen oder welche Aufträge diese erfüllten. Und es geht noch weiter: Die Offenlegung gegenüber dem Parlament war in den USA erst ab einem Volumen von 50 Millionen Dollar verpflichtend. Das traf nur auf wenige Aufträge zu. Vor allem aber gibt es einen Trick: Man kann Aufträge splitten. Das bedeutet, man teilt sie in viele kleinere Unteraufträge auf. So bleibt eine Regierung unterhalb des rechenschaftspflichtigen Auftragsvolumens. Wir bekommen unser Geld, und die Regierung bekommt, was immer sie in Auftrag gibt.

Die Bilder wechselten nun in schneller Folge: Moderne Kampfhubschrauber, die über eine Wüstenlandschaft donnerten – Schnitt. Bewaffnete Kampftaucher, die sich mit schnellen Flossenbewegungen durch ein trübes Wasser bewegten – Schnitt. Eine Essensausgabe und einen Koch, auf dessen Schürze „Hairesis-Initiative – Logistics International" stand, der einem Uniformierten eine Kelle Suppe auf den Teller goss. Die Kamera schwenkte und zeigte etliche weitere Essensausgaben und dann den riesigen Speisesaal, in dem an dutzenden Tischreihen Uniformierte ihre Mahlzeit zu sich nahmen – Schnitt. Drei Wachposten mit Uniformen, die sicher nicht zufällig an die von Polizisten erinnerten, standen vor einer Glastür, über der die Landesflagge eines Konsulats wehte, dessen Nationalität Mario spontan nicht einfallen wollte. Einer der Wachmänner tastete professionell einen Anzugträger ab, der offenbar das Konsulat besuchen wollte. Die Kamera fuhr ein Stück zurück und gab den Blick auf das Panorama frei. Mario stockte der Atem. Das Konsulat, das die Sicherheitsfirma der Hairesis-Initiative beauftragt hatte, befand sich im Düsseldorfer Medienhafen. Für einen kurzen Moment sah Mario die Gehry-Bauten, die drei charakteristischen Gebäudeskulpturen, die Teil der imposanten Skyline des Düsseldorfer Medienhafens bildeten. Schnitt. Ein Kletterturm, an dem sich Männer in blauen Jogginganzügen hinaufhangelten. Die Szene erinnerte Mario an Militärfilme aus dem Kino. Auch jetzt musste er sich wieder einmal erneut bewusst machen, dass dies aber kein Trainingsgelände einer staatlichen Streitmacht war, sondern eines privaten Wirtschaftsunternehmens, das Krieg völlig legal als Dienstleistung anbot. Schnitt. Eine Ölplattform, um die ein aufgewühltes Meer tobte, offenbar aus einem Hubschrauber aufgenommen. Regentropfen klatschten auf das Objektiv der Kamera, die dennoch verblüffend nah an die Plattform heranzoomte und nun gestochen scharf zeigte, wie ein Trupp vermummter Männer, trotz des peitschenden Windes, sich mit Kletterausrüstungen an den Metallbeinen der Ölplattform hinaufarbeiteten. Die Kamera schwenkte und

244

zeigte nun eine weitere Gruppe von Einsatz-
kräften, die in Sekunden herannahten, in per-
fekter Koordination in Stellung gingen und
mit ihren Gewehren die Eindringlinge erwar-
teten. „Was Sie hier sehen", meldete sich
Boldar aus dem Off wieder zurück, „ist eines
unserer Trainingsgelände, eine Ölplattform
vor Alaska. Wir sind nicht die Ersten, die solche besonderen Trainingsorte und -angebote
auf den Markt bringen, aber wir sind die Besten." Schnitt. Boldar stand wieder an seinem
Rednerpult im holzgetäfelten Kommando-
raum. „Um die Größe unseres Firmenimperi-
ums zu demonstrieren, lohnt sich noch einmal
der historische Bezug. Im Jahr 2006 waren im
Irak rund 30.000 Contractors – wenn man es
so nennen will: *moderne Söldner* – im Einsatz.
Übrigens nicht alle Amerikaner, sondern auch
viele Deutsche. Die privaten Militärdienstleistungsunternehmen stellten somit nach den
Amerikanern die zweitgrößte ‚Armee' im Land
dar. Es waren mehr Contractors im Land als
Soldaten von allen anderen Koalitionstruppen
zusammen. Es mag heute einige Journalisten
beunruhigen, wenn sie in ihren Recherchen
feststellen, dass das inzwischen größte Militärdienstleistungsunternehmen einer sogenannten ‚Sekte' gehört. Wie sehr würden diese

kritischen Schmierfinken wohl zittern, wenn ihnen klar würde, dass diese ‚Sekte' neben Militärdienstleistungsunternehmen auch private Elitehochschulen für Wirtschaft und öffentliche Verwaltung betreibt? Dass wir in unseren eigenen Hochschulen nicht nur die besten Absolventen rekrutieren können, sondern auch zukünftige Politiker, Lobbyisten und Unternehmer heranziehen und formen können? Dass wir private Institute für Auftragsforschung betreiben, in denen wir sozialwissenschaftliche Prognosen über die gesellschaftlichen Folgen des Klimawandels erstellen, wo wir Modelle entwickeln, wie sich Menschen verhalten, wenn die Ressourcen knapp werden, wie sie auf politische Umstrukturierungen reagieren werden? ...Und wer bezahlt das Ganze? Die Politik, die Steuergelder in Millionenhöhe für solche Untersuchungen ausgibt, deren Resultate vor allem uns nützen werden, wenn das eingeleitet wird, was wir hier seit Jahren unter dem Namen ‚Alternative Null' vorbereiten! Menschen haben heute kaum noch Visionen für Projekte, die unter Umständen generationenlang verwirklicht werden müssen. Wir haben seit Jahrzehnten auf den Start der ‚Alternative Null' hingearbeitet und unsere ‚Bienenkorbgebäude' in politischen und kulturellen Centren errichtet." Der Film zeigte nun einen der Glasbetonpaläste, in denen die Sekte residierte, und durch deren futuristische Flure junge, dynamische Menschen flanierten. Ein solches Bienenkorbgebäude hatte Mario bereits einmal in Düsseldorf gesehen. Doch die Rheinmetropole schien eine vergleichsweise kleine Stadt zu sein, verglichen mit den Weltstädten, in denen sich die Sekte außerdem eingenistet hatte. In schneller Folge zeigte der Film nun andere Städte, in denen sich die Hairesis-Initiative ausbreitete: Berlin, London, Paris, Rom, Ankara, Tel Aviv, Moskau, New York, Washington, Tokio, Sidney und etliche andere Metropolen. Dann wieder ein plötzlicher Schnitt, und das Gesicht des Projektleiters Gunnar Boldar war wieder zu sehen, frontal und so nah wie nie zuvor in dem Film. Er schaute mit festem Blick direkt in die Kamera. „Wenn wir die ,Alternative Null' weltweit starten, werden unsere Contractors jede staatliche Exekutive übernehmen. Die öffentlichen Verwaltungen werden unseren Ressort-Koordinatoren untergeordnet. Diese sind in die Hierarchien der Hairesis-Initiative fest eingebunden, weshalb alle Nationalstaaten ab diesem Moment zu einer Organisationseinheit zentralisiert werden. Die Führung und das Management der Hairesis-Initiative und die in den letzten Jahrzehnten erarbeiteten ‚Direktiven zur gesellschaftlichen Neustrukturierung' werden ab Tag Eins alle nationalen und internationalen Gesetze ablösen. Wir gehen davon aus, dass unsere Contractors innerhalb der Bevölkerung schnell genügend Autorität genießen werden, um die Anpassungen ohne unnötige Schäden umzusetzen. Angehörige der dann obsolet gewordenen Legislativen, Judikativen und Exekutiven können sich selbstverständlich als Privatpersonen in die Neustrukturierung integrieren. Sollten sie sich jedoch berufen fühlen, dieser Neustrukturierung aktiv ablehnend gegenüberzustehen oder sie in Frage zu stellen, werden unsere Contractors diese Unterfangen vereiteln. Gleiches gilt für Journalisten, Blogger und Social-Media-Aktivisten. Sicher wird es in den ersten Monaten oder auch Jahren immer wieder Abweichler und Störgruppierungen geben, die unsere Contractors aufspüren und entschärfen werden. Doch das Hauptwerk ist bei unserer Infrastruktur schnell getan. Für diesen weltweit gleichzeitig ablaufenden Prozess sieht unser Zeitplan sieben Tage vor. In sieben Tagen erschafft die Hairesis-Initiative eine neue Welt! In der zweiten Woche werden wir die zweite Anpassungsphase starten. Sie besteht in einer institutionellen Selektion. Alles, was missionsschädigend oder nicht zielführend beziehungsweise überflüssig ist, werden wir ausmerzen. Als überflüssig betrachten wir politische Parteien, Gewerkschaften, Verbände, politische Nichtregierungsorganisationen und Religions- und Glaubensgemeinschaften jeder Art. Kulturelle Institutionen und Medien werden wir an verbindlichen Inhalts- und Wertekatalogen messen. Einiges wird verändert oder ergänzt, anderes als irrelevant entfernt. Etwas mehr Zeit wird die Bildungsreform beanspruchen. Jedoch betreiben wir seit Jahren Privat- und Nachhilfeschulen, weshalb wir bereits über Lehrpläne, pädagogische Konzepte und eigene Schulbücher verfügen, außerdem haben wir die Umschulungspläne für Hairesis-Initiativferne Lehrkräfte längst in der Schublade. Die Alternative Null ist in Teilprojekte untergliedert und berücksichtigt dabei regionale und kulturelle Unterschiede in den jeweiligen Zielländern. Sobald unsere Organisationsstrukturen aufgebaut und die Direktiven umgesetzt sind, werden wir beginnen, unsere Kernvision zu verwirklichen, die sich bekanntermaßen aus einem Menschen- und Gesellschaftsbild zusammensetzt, das Kritiker unserer ‚Sekte‘

als eugenisch oder biologistisch verteufeln. Doch wie wir alle wissen, ist eine Gesellschaft – und die Welt ist dann *eine* Gesellschaft – nur dann stark und gesund, wenn ihre Mitglieder stark und gesund sind. Die Genetik stellt als Profiling-Instrument den Schlüssel zu einer fairen Einschätzung dar, außerdem ist sie der Schlüssel, der jenen das Tor zu unserer neuen Gesellschaft eröffnet und mit dem wir dieses Tor auch für jene verschließen können, die eine genetisch-gesundheitliche Gefahr für sich und die Gesellschaft in sich tragen. Eben für jene, bei denen wir über diese fairen Verfahren prognostizieren können, dass sie ihren potentiellen Nachkommen ein unverantwortliches genetisches Erbe aufbürden würden, was sowohl für ihre potentiellen Nachkommen als auch für die Gesellschaft mit all ihren nachfolgenden Generationen unzumutbar wäre.“

Dr. Langner stand auf, um Hui von der Pritsche zu helfen und sie zu stützen. Hui ließ es zu, damit sie nicht merkte, dass sie wieder bei Kräften war. Sie musste einen guten Moment abpassen, um die Ärztin zu überwältigen und zu fliehen. Die Orientierung würde dabei noch eine Schwierigkeit bedeuten. Sie gingen langsam erneut den weißen Korridor entlang und hielten nach einer kurzen Weile an einer Tür. Dr. Langner fischte einen Schlüssel aus ihrer Kitteltasche und öffnete die Tür, die offenbar zum Treppenhaus führte. Hui nutzte den Moment, schubste die Ärztin durch die Tür und rannte in die entgegengesetzte Richtung weg. Sie war nur wenige Meter weit gekommen, als eine weitere Tür aufschwang und zwei riesige Kerle sich ihr in den Weg stellten. Aus dem Lauf heraus konnte Hui nicht schnell genug bremsen und prallte gegen den ersten der Riesenkerle, der sie packte und schulterte. „Wo wollen Sie sie hin haben, Frau Doktor?", fragte der Sicherheitsmann, während Hui strampelte und schrie. „Zurück in mein Labor", antwortete Dr. Langner, und der Sicherheitsmann trug sie zurück in das kleine Labor. Er legte Hui auf die Pritsche und sie konnte noch sehen, wie Dr. Langner einen Handschuh überstreifte und sie damit am Arm berührte, dann wurde ihr wieder schwarz vor Augen. Aber es war anders als beim ersten Mal. Sie hatte wohl reflexartig die Augen geschlossen und konnte sie nun nicht mehr öffnen, auch kein anderer Muskel in ihrem Körper regte sich, aber sie konnte hören, was um sie herum geschah. „Was war das?", fragte die Stimme des Sicherheitsmannes. „Das war ein Kontaktserum, das sie für eine Weile lähmt", antwortete Dr. Langners Stimme. „Soll ich sie wegschaffen?" – „Nein, sie hat zu wertvolle Gene. Sie schneidet in allen Bereichen überdurchschnittlich ab. Ich werde Dr. Grundman anrufen und fragen, was wir mit ihr machen sollen. Ich könnte mir vorstellen, dass es in Dr. Grundmans Interesse wäre, ihr ein paar Eizellen zu entnehmen. Die Frauen, die sich hier um Kinder bewerben, haben oft so minderwertige DNA und so könnten wir diese durch ihre großartigen Gene ersetzen. Wir haben schließlich nur Interesse an starken Kindern", antwortete Dr. Langner und Huis Herz begann zu rasen.

„Die Evolution hat starke und schwache Kreaturen hervorgebracht und untergehen lassen", tönte Boldars Stimme pathetisch aus dem Off des Films. „Die wahre Krönung der ‚Schöpfung' jedoch ist, wenn die Schöpfung das Wissen und die Technik errungen hat, um die Evolution abzulösen. Die Alternative Null ist der Startschuss für diese globale und epochale *Revolution*, in der es vor allem um eine planmäßige *Evolution* geht!"

Mario hatte seine Hände, ohne sich darüber bewusst zu sein, vor Entsetzen in die Armlehnen des Stuhls gekrallt, auf dem er wie versteinert saß. Das, was dieser „Projektleiter" Gunnar Boldar da gerade wie ein Unternehmensberater präsentiert hatte, war nichts weniger als die Ankündigung einer globalen Machtergreifung durch eine biologistische Sekte.

Mario fasste die Gedanken ohne die Tarnsprache Boldars zusammen: Man nehme einfach eine große Sekte, vielleicht mit ein paar prominenten Gesichtern aus Hollywood, baut diese zu einer wirtschaftlichen Macht auf und steigt mit ihr in das Geschäft der Militärdienstleistungen ein. Die Sekte expandiert in allen Bereichen, erarbeitet hinter verschlossener Tür die Ablaufpläne für ihre Machtergreifung und die Zeit danach. Und dann, am Tag X: Dann stehen die Contractors der vermutlich größten Privatarmee der Welt vor den Türen der Regierungen, Verwaltungen, Gerichten, Behörden, Redaktionen und Sendern und sagen denen, dass sie nichts mehr zu sagen haben. Diese Privatarmeen müssen nicht einmal in die Länder einfallen. Sie sind längst da in ihren legalen, offiziell angemeldeten Zentren. Und mit der

Geschwindigkeit, der hochmodernen tech-nisch-personellen Ausstattung, der hervorra-genden globalen Planung und Koordination kann keine Regierung der Welt rechnen. Sie-ben Tage – und die Welt ist Eigentum einer Sekte, die wie ein Wirtschafts-Imperium or-ganisiert ist.

Der Film zeigte nun in rascher Folge Szenen von trainierenden, kämpfenden, Helikopter fliegenden oder Panzerwagen fahrenden Contractors, dazu erklang eine heroische Or-chestermusik wie beim Abspann eines Holly-wood-Streifens. Ein letztes Mal hörte man Gunnar Boldar: „Wie Adam und Abraham Grundman schon zu Beginn der Hairesis so treffend formulierten: *Stärken vereinen, die Besten besser machen, die Zukunft gestalten!* Das ist unsere Vision und Mission!" Offenbar war der Film zu Ende, in jedem Fall schaltete Pablo Cambiare die Aufnahmefunktion seiner Smartwatch aus. „Los! Wir müssen raus aus dem Big House!", drängte Pablo. Mario fiel es schwer, aus dem Sessel aufzustehen, er schien an den Polstern zu kleben, fühlte sich völlig kraft- und hilflos vor dem, was er eben aus dem Film erfahren hatte. Pablo spähte in den Korridor und winkte Mario zu, ihm zu folgen,

als ein kurzer Signalton aus Deckenlautspre-
chern schnarrte, bevor eine Durchsage ertönte,
gesprochen von einer Frauenstimme, die so
freundlich und verbindlich klang wie eine Ra-
diomoderatorin: „Achtung! Sicherheitshinweis!
Die erste Gruppe Contractors kehrt gerade von
ihrem Unwetterschadenseinsatz zurück und
trifft in diesen Minuten im Big House ein. Weitere Contractors sind noch auf dem Gelände
im Einsatz. In Kürze werden wir im Big House
wieder die personelle Minimalbesetzung ge-
währleisten können. Der Sturm ist inzwischen
soweit abgeebbt, dass die ersten Drohnen wieder auf ihren Positionen sind. Eine erste Un-
wetterbilanz: Es gibt größere Schäden am alten
Kraftwerk, außerdem einen Brand nach Blitz-
schlag im Gebäude der ehemaligen Windsor
School, den die Löschkräfte unter Kontrolle
haben. Etwa dreißig Bäume sind umgerissen
worden, die die Zufahrtsstraßen teilweise blo-
ckieren. Weitere wichtige Information: Es gibt
eine Festnahme. Auf dem Gelände wurde das
16-jährige Mädchen Hui Quan aufgegriffen."
Mario zuckte zusammen, die Radiomoderatorinnenstimme fuhr fort: „Hui Quan befindet
sich derzeit im medizinischen Labor. Verfüg-
bare Contractors werden hiermit zwecks Bewachung zum medizinischen Labor beordert."

„Ich muss da sofort hin!", zischte Mario Pablo zu. Der schüttelte nervös den Kopf: „Es ist sehr wahrscheinlich, dass das eine Falle ist!" Die Radiomoderatorinnenstimme fuhr fort: „Der Ingenieur und Drohnenprojektkoordinator Pablo Cambiare wird in der Zentrale erwartet." Pablos Gesichtszüge verhärteten sich: „Und das ist sehr wahrscheinlich die zweite Falle", knurrte er. Er zeigte in die Richtung hinter Mario. „Jetzt müssen wir noch sehr viel schneller sein. Etwa 150 Meter in der Richtung liegt das medizinische Labor."

Was Pablo Mario während des Laufs durch die scheinbar endlosen Korridore des alten Militärverwaltungsgebäudes verriet, zeigte Mario einmal mehr, dass hier noch viel mehr Gefahren im Dunkeln lauerten, als er sich selbst nach dem Film hätte ausmalen können. „Ich weiß nicht, was sie von deiner Freundin wollen. Sie werden ihr aber nichts tun, wenn sie der Überzeugung sind, dass sie gute Genanlagen hat. Bei negativen Gen-Profiling-Resultaten gilt sie als nicht erhaltungswürdig. Das wäre ein Problem. Aber je nachdem, wie gut sie eingestuft wird, werden sie Hui sogar umwerben. Auf eine andere Weise problematisch wird es aber, wenn Hui sich dann querstellt!" Als Mario das hörte, wusste er, dass es definitiv „auf eine andere Weise problematisch" werden würde. „Was bedeutet das?", hakte er nach. „Vermutlich werden sie Hui betäuben und sich genetisch alles holen, was reproduktionswürdig ist. Sehr wahrscheinlich werden sie ein Betäubungsmittel verwenden, das ähnlich wie eine Creme über die Haut aufgenommen wird und genauso schnell und wirkungsvoll ist wie eine Injektion. Bei der richtigen Dosis gehen einem nach wenigen Sekunden die Lichter aus. Dann haben sie Zeit zum ‚Gen-Schürfen'. Was sie mit der Gen-Lieferantin, ...äääh, entschuldige... was sie mit Hui dann machen, will ich mir nicht ausmalen." Pablo fasste Mario an der Schulter und stoppte. „Da! Die Metalltür mit dem runden Fenster. Das ist die Tür des medizinischen Labors. Den Code habe ich nicht. Wir müssen auf die ‚Notfalltaste' drücken. Dann lassen sie einen rein." Aber garantiert nicht mehr raus!, schoss es Mario durch den Kopf. Er wollte etwas sagen, doch Pablo winkte heftig ab und hob einen Finger hinter ein Ohr. Sie lauschten: zwei Männerstimmen, die näher kamen aus dem Korridor, in den der Flur vor ihnen abzweigte. Schon in wenigen Momenten würden sie um die Ecke kommen... „Ich halte die beiden in Schach!", raunte Pablo, „du kümmerst dich um deine Freundin Hui!" Er schob Mario Richtung Labortür. „Jetzt ist der Moment, in dem du über dich hinauswachsen wirst!", flüsterte Pablo Cambiare. Über mich hinauswachsen. Ja! Das muss ich jetzt und das werde ich jetzt, sagte sich Mario immer und immer wieder, während er auf die Tür zuschritt und schließlich vor der „Notfall"-Taste stehen blieb. Er holte tief Luft, hob den Arm und drückte auf die Taste. Sofort hörte er durch die Tür einen gedämpften Alarmton schrillen, endlose Sekunden vergingen, dann erschien in dem runden Fenster das Gesicht einer Frau, die zunächst verärgert, dann überrascht auf Mario blickte. Erst in dem Moment, in dem die Metalltür mit einem Klicken entriegelt wurde und aufsprang, registrierte Mario, dass er im Grunde keine Idee hatte, wie er nun Hui aus den Fängen der Sekte holen sollte. Doch zunächst schien alles leichter als in dieser Sekunde befürchtet. „Ein Notfall?", begrüßte ihn die Ärztin und ohne ein weiteres Wort abzuwarten, fuhr sie auch schon fort: „Kommen Sie rein! Ich helfe Ihnen sofort!" Sie fasste Mario behutsam am Arm und schob ihn sanft in das Labor. Hinter ihm fiel die Metalltür zu und verriegelte sich klackernd. Die Ärztin schien sich Marios ungewöhnliches Auftauchen völlig rational erklären zu können:

„Ihre Uniform ist vor lauter Schlamm nicht mal mehr zu erkennen. Ein wirklich schlimmer Gewittersturm war das. Ich bin angenehm überrascht, dass bei dem Sturm nicht mehr Organisationsmitglieder zu Schaden gekommen sind. Was ist Ihnen passiert?" Marios Gedanken rotierten bei der Suche nach einer glaubhaften Behauptung, doch das war schon nicht mehr nötig. „Sieht nach einer kleinen Platzwunde an der Stirn aus." Die Ärztin strich vorsichtig mit dem Zeigefinger über Marios Stirn. „Tut das weh?" Mario zuckte zusammen, als der Finger eine Stelle nahe der linken Schläfe erreichte. „Tut mir Leid!", entschuldigte sich die Ärztin und fuhr dann mit ehrlich klingender Besorgnis in der Stimme fort: „Sind Sie gestürzt?" Mario musste an den Sturz vom Sprungturm des alten Schwimmbads denken. Offenbar hatte er sich tatsächlich eine Verletzung zugezogen. Die Ärztin leuchtete ihm prüfend mit einer Stiftlampe in die Augen. „Ihre Pupillenreaktionen sind okay. Haben Sie sonst irgendwelche Schmerzen? Ist Ihnen übel?" „Nein, mir geht's sonst soweit gut!", antwortete Mario und versuchte so unauffällig wie möglich nach links und rechts zu spähen. Wo hatten sie Hui versteckt? Links erhoben sich deckenhohe Laborschränke mit verschiedenen Gefahrenhinweisen, rechts reihten sich auf einem langen Schreibtisch drei hochmoderne Computerbildschirme aneinander, die verschiedene Diagramme, Messkurven und Zahlenkolonnen anzeigten. Durch die metallene Labortür drangen gedämpft Männerstimmen zu ihnen herein. Mario erkannte die von Pablo, die anderen zwei Stimmen mussten von den beiden Contractors stammen, die zwischenzeitlich eingetroffen waren. Mario versuchte durch das Türfenster zu erkennen, was da draußen passierte. Vor Pablo ragten zwei bullige Uniformierte auf, die denen glichen, die Mario noch vor einigen Minuten in dem schockierenden Filmdokument gesehen hatte. Wie wollte Pablo die „in Schach halten"? Unmöglich!, dachte Mario, doch dann verstand er. Die beiden Contractors standen stramm vor Pablo, starrten geradeaus und vermieden direkten Blickkontakt zu dem Ingenieur und Drohnenprojektkoordinator. Die genetisch legitimierte Hackordnung der Sekte stellte Pablo Cambiare wahrscheinlich automatisch auf eine höhere Stufe als die meisten Contractors, nahm Mario an. Dennoch schien Pablo nicht über die Befehlsgewalt zu verfügen, die zwei Contractors einfach wegschicken zu können. Doch die eigentliche Gefahr für Mario trug einen weißen

Ärztekittel und stand direkt vor ihm. „Wann haben Sie eigentlich Ihren letzten Konstitutions-Check absolviert?", fragte die Ärztin, die ihn mit kritischen Blicken von Kopf bis Fuß beäugte. „Als Sie hier reinkamen, klangen Sie, als hätten Sie gerade einen Marathon hinter sich und nicht wie jemand, der durch die paar Korridore im Big House gekommen ist. Außerdem scheint mir Ihre Muskulatur nicht normgerecht." „Naja, der Check ist vielleicht wirklich schon etwas her", versuchte Mario sich aus der Situation zu winden. Er blickte nervös zu dem Türfenster. Die beiden Contractors waren immer noch da. Doch Pablos Mimik wirkte nun verhärtet, er ging mit seinem Gesicht nahe an die Gesichter der beiden unbewegt da stehenden Contractors und unterschritt so sämtliche Distanzzonen zu ihnen. „Nun ja, ich gebe Ihnen erstmal etwas gegen die Schmerzen", hörte Mario wieder die Stimme der Ärztin neben seinem Ohr. Die Frau klang anders, Misstrauen mischte sich in ihre Stimme, sie sprach langsamer. „Am besten gebe ich Ihnen eine Salbe. Dann merken Sie gleich nichts mehr. Dann ist das Problem gelöst." Panik stieg in Mario auf. Die Aussagen der Ärztin hätten doppeldeutiger und sarkastischer kaum sein können. Sie ging durch das Labor und öffnete einen der

Schränke mit den Warnhinweisen. Was sollte er tun? Wo war Hui? Wann schaffte es Pablo endlich, die zwei Contractors los zu werden? Die Ärztin stand jetzt mit dem Rücken zu ihm und bereitete irgendetwas vor, bei dem Mario sicher war, dass es nichts Gutes sein würde. Er ging so leise wie möglich ein paar Schritte Richtung der Monitore auf dem Schreibtisch. Hinter dem Schreibtisch, auf dem Laborboden, lag jemand. Mario beugte sich vor. Ja! Da lag seine gute Freundin Hui Quan auf dem Boden, als hätte die Ärztin sie einfach schnell und ohne Plan verstecken wollen. Offenbar hatte sie von dem Moment des Betätigens der Notfall-Taste an gewusst, dass Mario ein falsches Spiel mit ihr trieb. Ein Blick über die Schulter Richtung Labortür: Die Contractors standen immer noch da! „Stimmt etwas nicht?", hörte er die ruhige Stimme der Ärztin hinter sich. Mario fuhr herum. Sie trat auf ihn zu, die rechte Hand mit einem Latexhandschuh geschützt, auf dem offenbar eine dünne, cremige Schicht klebte. Sie lächelte kühl. „Tut nicht weh. Im ersten Moment fühlt sich die Stelle etwas warm an und juckt, aber das ist auch schon alles." Sie hob die Augenbrauen: „Und? Darf ich?" Mario nickte. Sie trat näher auf ihn zu. „Bitte einmal den Kopf nach links drehen." Mario tat es, starrte so nun auf einen Laborschrank, von dem ihn ein schwarzer Totenkopf auf dem orangen Gefahrenhinweisschild angrinste. „Und jetzt bitte stillhalten. Die Substanz darf nicht in die Augen geraten. Das wäre wirklich schmerzhaft und kann zur Erblindung führen", erklang die Stimme der Ärztin direkt neben Marios Kopf. „Sind Sie bereit?", vergewisserte sie sich. „Ich bin bereit, darauf können Sie Gift nehmen!", stieß Mario hervor, packte die Ärztin am Handgelenk der behandschuhten Hand und versuchte diese auf das Gesicht der Ärztin zu pressen. Die Gegenwehr der Hairesis-Initiativen-Ärztin war kurz und heftig. Mit völlig unerwarteter Kraft riss sie den Arm zurück und ließ ihn dann nach vorne schnellen. Mario wehrte reflexartig mit dem Ellenbogen ab, der substanzbedeckte Handschuh stoppte nur wenige Fingerbreit vor seinem Gesicht. Der Geruch des Betäubungsmittels stach ihm in die Nase. Der körperliche Druck, den die Ärztin auf ihn ausübte, blieb ungebrochen. Mario schob mit aller Kraft in einem Ruck Arm und Handschuh ein Stück zur Seite, weg von seinem Gesicht und ließ los. Das plötzliche Fehlen des Widerstandes brachte die Ärztin aus dem Gleichgewicht, sie stolperte ins Leere, drehte sich mit flatterndem Laborkittel um die eigene

Achse und prallte gegen die Wand. Mario sprang ihr nach, packte ihren Arm erneut und versuchte ihn so zu verdrehen, dass die Ärztin nicht ihre volle Muskelkraft zum Einsatz bringen konnte. Ihre Hand zitterte vor Anstrengung, doch Mario schaffte es, ihren Arm direkt vor ihre linke Wange zu bugsieren. „Gib auf!", zischte sie. „Selbst wenn du es schaffen würdest, mich zu anästhesieren – das, was die beiden Contractors, die da draußen stehen, mit dir machen werden, wird schlimmer sein als das, was ich mit dir vorhabe!" Mario hatte den Handschuh so nah an die Ärztin gedrückt, dass nur noch Millimeter die Substanz von ihrer Haut trennten. *„Gib auf! Gib auf und ich werde gnädig mit dir sein!"*, zischte sie. Dann schaffte Mario mit einem Ruck, den Handschuh mit der betäubenden Substanz auf ihr Gesicht zu pressen. Keine Wirkung! Der Gegendruck der Ärztin blieb ungebrochen hoch. Mario fürchtete schon, dem nicht mehr länger standhalten zu können, als der Körper der Frau plötzlich erschlaffte und sie schwer in seinen Armen lag. Mario legte sie auf dem Laborboden ab. Sie war nur betäubt. Oder machte sie ihm nur etwas vor? Würde sie, sobald er ihr den Rücken zudrehte, um sich um Hui zu kümmern, aufspringen, in den Rücken fallen

264

und den substanzbedeckten Handschuh von hinten auf sein Gesicht pressen? Mario blickte auf die vor ihm liegende Ärztin hinab, als sei sie ein Sprengkörper, bei dem er nicht sicher sein konnte, ob dieser nicht doch noch explodierte. Dann ging er ein paar Schritte rückwärts, ohne die Ärztin aus den Augen zu lassen. Sie blieb regungslos liegen. Mario eilte um den Schreibtisch herum und hockte sich zu Hui. Er fasste an ihre Handgelenke. Sie fühlten sich kühl an, aber unter ihrer Haut pulsierte ihr Herzschlag. Mario schob einen Arm unter ihre Schultern, den anderen unter ihre Kniekehlen und wuchtete sie hoch. Er warf einen sorgenvollen Blick zu der Ärztin, aber die lag immer noch betäubt am Boden. Dann schrillte ein Signalton auf. Mario ließ Hui vor Schreck fast fallen. Jemand hatte die Notfall-Taste gedrückt und wollte offenbar in das Labor. Mit Angst davor, in die kantigen Gesichter der beiden Contractors zu schauen, die kampfbereit vor der Metalltür warten könnten, blickte Mario zu dem runden Fenster hinüber. Pablo Cambiare stand da und winkte hektisch. Die beiden Contractors schienen verschwunden. Mario schleppte Hui in einem weiten Bogen um die am Boden liegende Ärztin auf die Labortür zu und stieß mit dem Ellenbogen gegen die „Öffnen"-Taste neben der Tür. Pablo hielt ihm die Tür auf. „Die zwei Contractors sind weg. Erstmal. Aber ich fürchte, wenn die ganzen Einsatzgruppen von den Aufräumaktionen im Gelände zurückkommen, wird es hier bald nur so von Contractors wimmeln. Wir müssen ins Erdgeschoss und dann raus aus dem Big House, damit ich endlich die Filmdatei in die Cloud hochladen kann!" Sie eilten den Korridor entlang. Mario spürte Huis Gewicht kaum, er fühlte sich wie im Rausch. Nur raus hier und weg von hier, so schnell und so weit wie möglich! „Hier durch das Treppenhaus! Die Aufzüge wären zu gefährlich", rief Pablo und hielt Mario die Tür auf. Er trat hindurch, blieb stehen, zögerte. „Was ist denn los?", raunte Pablo nervös. „Lausch!", befahl Mario nur. Pablo hielt den Atem an. Schritte. Hektische Schritte von etlichen Personen, die von unten die Treppen hinaufeilten. Keine Worte, offenbar versuchte sich die Gruppe so lautlos wie möglich zu nähern. Pablo legte einen Finger auf die Lippen und nickte Mario zu, er solle aus dem Treppenhaus wieder in den Flur zurückkommen. Pablo schloss so leise wie möglich die Tür zum Treppenhaus, als Mario mit Hui in den Armen wieder neben ihm stand. „Die Videoüberwachungsszentrale ist vermutlich wieder besetzt, oder wir haben eine Mikro-Drohne übersehen, die *uns* aber nicht übersehen hat. In jedem Fall scheinen sie uns zu suchen", spekulierte Pablo. Schweiß glänzte auf seiner Stirn, seine Stimme klang ungewohnt nervös. „Gut, dann nehmen wir einen anderen Weg. Notfalls auf das Dach", schlug Mario vor und ergänzte: „Von da aus können wir die Datei doch bestimmt hochladen." Pablo zuckte die Achseln. „Und dann?" „Das Big House ist doch ein riesiges, zusammenhängendes Gebäude. Wir laufen über das Dach an eine weiter weg entfernte Stelle, und da wird es doch wohl irgendwo eine Feuertreppe oder etwas Ähnliches geben! Da klettern wir runter." Pablo blickte zweifelnd auf die bewusstlose Hui in Marios Armen, sagte dann aber nur: „Erstmal in die Richtung!" „Übrigens", fuhr Mario außer Atem fort, „hat Hui noch ein Ass im Ärmel gehabt, das uns retten könnte." Pablo blieb an einem der vergitterten Fenster stehen und spähte in die nächtliche Landschaft hinaus: Bäume, Büsche, Blätter, hohe Gräser in der Dunkelheit. „Mist!", fluchte Pablo. „Da laufen überall Contractors an der Grenze zum Wald entlang." Er wandte sich Mario zu. „Das Ass, das deine Freundin ausgespielt hat, können wir mehr als gut gebrauchen!" „Schau auf ihre Smartwatch!", entgegnete Mario. Pablo hob vorsichtig Huis schmales Handgelenk an. „*Notruf abgesetzt!*", blinkte da auf dem Display. „Ihre Smartwatch misst ihren Puls. Wahrscheinlich haben sie Hui schon mal betäubt, als sie noch draußen im Wald war", fuhr Mario fort, während sie schon wieder weiter durch den Gang eilten. „Die Smartwatch hat also vermutlich zunächst eine sehr hohe Pulsfrequenz gemessen, bevor diese schlagartig abnorm niedrig wurde. Deshalb hat die Smartwatch einen medizinischen Notruf abgesetzt. Und das, *bevor* Hui im Big House mit dessen Sendeabschirmung war, denn der Notruf wurde gesendet!", erklärte Mario aufgeregt. Pablo schüttelte verzweifelt den Kopf: „Wir wissen nicht, wen Hui als Notfallkontakt eingetragen hat. Ob nur ihre Eltern irgendwo eine Info bekommen haben oder ob sogar ein Rettungsdienst alarmiert wurde. Aber selbst wenn ein Sanitätshubschrauber auf dem Weg wäre, weil die Notfallzentrale gesehen hat, dass sie hier draußen im unwegsamen Gelände ist, dann würde der Hubschrauber von den Octocoptern abgedrängt oder sogar angegriffen! Nur Helikopter der Hairesis-Initiative können unbehelligt in den Luftraum über dem JHQ-Gelände eindringen. Die Drohnen könnten sogar von so einem Helikopter ausnahmsweise ferngesteuert und weggeschickt werden, aber ein Flugobjekt von jeder anderen Organisation würde als Angriffsziel eingestuft!" Sie standen erneut vor einer Metalltür, deren Angeln laut quietschten, als Pablo sie aufwuchtete. Kalte Nachtluft wehte ihnen entgegen. *„Endstation"*, verkündete Pablo. Vor ihnen lag das Dach des Big House. Vorsichtig setzte Mario einen Fuß auf das Dach. Das Big House war so gigantisch, dass er in der Dunkelheit das Ende der Dächerlandschaft nicht sehen konnte. Der Gewitterregen hatte eine glitschige Schicht auf dem Dach zurückgelassen. Pablo griff an seine Smartwatch, um den Upload des Films in die Datencloud einzuleiten, als sie eine energische Männerstimme rufen hörten: *„Keine Bewegung!"* Mario kam die Stimme gleichzeitig vertraut und fremd vor. Er suchte mit Blicken nach der Person, die gerufen hatte. Dann, ein Stück weit vor ihnen, bemerkte er einen hochgewachsenen Mann über das Dach auf sie zukommen. Er bewegte sich mit sicheren Schritten, so als fürchtete er nicht, auf dem regennassen Dach auszurutschen. Der Mann war wohl aus einer anderen Dachluke gestiegen, vermutete Mario. Mit zusammengekniffenen Augen taxierte er den Mann, der ohne jede Eile auf sie zustrebte. „Machen Sie keine weiteren Dummheiten!", befahl er. Wer war das? Dann trat er nah genug auf sie zu, so dass Mario und Pablo sein Gesicht sehen konnten: kalt- blaue Augen, harte Züge, glatt rasiert, braune Haare. Für den Moment, als Mario den Mann erkannte, verließen ihn alle Kräfte und er hatte Sorge, Hui auf das Dach fallen zu lassen. Direkt vor ihnen auf dem Dach des Big House stand Gunnar Boldar. Der Mann aus dem Film, der „Projektleiter" von „Alternative Null", was nichts anderes als ein Codename für den globalen Angriff einer Sekte auf den Rest der Weltbevölkerung war. „Legen Sie das Mädchen ab. Dessen Gene sind zu wertvoll, als dass sie durch ein zweitklassiges Wesen wie Sie zu Schaden kommen sollten!", rief er an Mario gewandt. Im Augenwinkel sah der, wie Pablo etwas fallen ließ: Seine Smartwatch! Mario verstand und trat einen Schritt näher auf Pablo zu. Boldar starrte mit festem Blick auf Pablo. „Die Gene lügen nicht. Ihre Genialität ist leider ungleich größer als Ihre Loyalität. Sehr bedauerlich, dass Sie nicht mehr die Realisierung von Alternative Null miterleben werden." Mario hockte sich hin und legte Hui behutsam auf dem Dach ab, direkt vor der abgeworfenen Smartwatch, so dass Huis Körper diese verdeckte. Mario blickte auf das Display. Der Upload in die Datencloud war noch nicht abgeschlossen. Er kannte dieses Smartwatch-Modell nicht, vermutlich eine Eigenproduktion der Hairesis-Initiative, aber er glaubte zu verstehen, wie diese Smartwatch zu bedienen war und wie er den Upload abschließen könnte. Doch er wusste auch: Ein Fehler würde ihre letzte Chance verspielen. „Ich finde es fast schon ein wenig ironisch, dass Sie als Projektkoordinator des Drohnenprogramms ausgerechnet von Ihren eigenen Innovationen getötet werden. Aber das ist sicher die leichteste Endlösung für das Problem mit Ihnen, Cambiare", fuhr Boldar gerade fort. Ein Stück neben der Dachkante bemerkte Mario eine Bewegung in der Dunkelheit, dann sah er auch schon eine Drohne neben dem Dach schweben. Doch so ein Exemplar hatte er hier noch nie gesehen. Es hatte die doppelte Größe von der Drohne, die ihn vom Sprungturm im verlassenen Schwimmbad gefegt hatte. Sie wirkte insgesamt robuster, und Mario bemerkte *acht* kleine Rotoren, mit denen sich die Drohne in der Luft hielt. Er zwang sich wieder, auf die Smartwatch zu schauen, weiter auf dem Display zu tippen und die Datensicherung endlich zu finalisieren. Als Mario erneut kurz den Blick hob, bemerkte er, dass überall um sie herum Drohnen in der Luft schwebten und so einen Ring um sie bildeten.

Es mussten mehr als zwei Dutzend sein! Ein Blick auf das Display: *„Daten werden hochgeladen. Bitte warten Sie einen Augenblick. Prüfen Sie dann, ob der Upload erfolgreich war.“* Mario wurde schlecht. Um sie herum tauchten immer weitere Drohnen auf. Einige stiegen plötzlich neben der Dachkante empor, andere kamen von weit oben zu ihnen herangeflogen. Mario spürte kalte Finger an seiner Hand. Es war Hui! Sie wachte auf! „Was ist los?“, nuschelte sie. „Mir ist schlecht und kalt. Wo sind wir?“ Mario biss sich auf die Lippen. Es schoss ihm durch den Kopf, dass er Hui gewünscht hätte, dass sie bewusstlos geblieben wäre, wenn das passierte, was hier gerade passierte und das, was in wenigen Augenblicken passieren würde. „Du bist ohnmächtig geworden, Hui. Aber ich bin bei Dir!“, flüsterte Mario. Hui versuchte ihre mandelförmigen Augen zu öffnen, doch Mario strich ihr mit zitternden Fingern über das Gesicht. „Lass die Augen zu! Das ist jetzt besser für dich!“, flüsterte er. „Nun bringen wir es zu Ende!“, beschloss Boldar. „Wer ist das?“, nuschelte Hui wie schlaftrunken, als sie Boldars Stimme hörte. Mario blickte noch einmal auf: Es waren noch weitere Drohnen eingetroffen. „Der Typ heißt Gunnar Boldar und ist nur ein Idiot!“, flüsterte Mario.

„Der soll machen, dass der Boden nicht mehr vibriert. Ich will schlafen!", murmelte Hui. Mario glaubte, dass das Betäubungsmittel auf Hui wie eine Droge gewirkt haben musste und sie fantasierte, doch dann spürte er es auch: Das Dach vibrierte leicht, so ähnlich wie Lautsprechermembrane vibrierten. Doch hörte Mario kein Geräusch, außer dem Surren der unzähligen umherschwirrenden Drohnen. Auch Boldar schien etwas zu spüren, denn er sah sich irritiert in alle Richtungen um. Dann stoben die Drohnen auseinander wie ein Schwarm Fische auf der Flucht vor einem Hai. In weniger als zwei Sekunden war die Luft um sie herum völlig drohnenfrei! Irgendetwas stimmte hier nicht, lief nicht nach Plan, das war nun absolut offensichtlich. Das Vibrieren des Dachs verstärkte sich weiter und es näherte sich ein tiefes Brummen, das ebenfalls schnell an Stärke gewann. Dann stieg neben der Dachkante des Big House ein Flugobjekt auf, das in seiner Form den davongeflogenen Drohnen zwar ähnelte und ebenfalls acht Rotoren aufwies, jedoch die Größe eines Busses hatte! In Pablos Gesicht spiegelte sich Besorgnis wider, in Boldars das völlige Unverständnis. Der Schriftzug *Hairesis-Initiative* prangte an der Flanke des Flugobjekts, das Mario erst jetzt als eine hochmoderne Helikopterform identifizierte. Der Helikopter gewann weiter an Höhe und schob sich dann zwischen Boldar und Pablo Cambiare. Ob das alte Dach des Big House die Landung eines solchen Stahlriesen übersteht?, schoss es Mario durch den Kopf, doch offenbar wollte der Pilot gar nicht landen. Der Helikopter drehte sich elegant, so dass das Cockpit auf Boldar gerichtet war und die Rückseite zu Pablo, Mario und Hui. Die Tür schnellte auf und sie sahen einen alten Mann mit grauem Dreitagebart, der ihnen hektisch zuwinkte. Mario verstand die Situation noch nicht, legte aber schnell Pablos Smartwatch an, hob Hui vom Dach auf und trug sie auf die hell erleuchtete Helikopterluke zu. Der alte Mann half den Dreien an Bord, und kaum war Mario mit Hui auf den Armen durch die Luke gestiegen, gewann der Helikopter auch schon an Höhe. Sehr schnell ließen sie das Dach des Big House immer weiter unter sich, während sich die Helikopterluke schloss. Der alte Mann griff nach Huis Hand, fühlte ihren Puls und ihre Stirn. „Wer sind Sie?", fragte Pablo den Alten. Der lächelte, wischte sich eine Träne aus dem Augenwinkel auf wies auf Hui Quan. „Auch wenn man es mir nicht ansieht: Ich bin Huis Großvater. Und ich war Polizist." „Sie müssen

Oskar Pelzer sein", vermutete Pablo Cambiare. Pelzer nickte, ohne Huis Hand loszulassen oder den Blick von ihr zu nehmen. „Und Sie sind ein Cambiare", folgerte Pelzer. „Sieht man das?", fragte Pablo. „Man sieht es daran, dass Sie hier sind", entgegnete Pelzer. Hui öffnete ihre verklebten Augen. „Geht es Dir gut?", fragte Pelzer sie. Hui strich ihm über das faltige Gesicht. „Wieso trägst du dein ganzes Leben lang solche hässlichen Holzfällerhemden?", fragte sie müde. Pelzer zuckte mit den Achseln. „Okay Schatz, dir geht es also gut!" „Stimmt es, dass Sie im JHQ mal in einem internationalen Fall ermittelt haben?", traute sich Mario Oskar Pelzer zu fragen. Der blickte aus einem der kleinen Seitenfenster. Unter ihnen reckte die St. Boniface Church ihren kleinen Glockenturm in den Himmel, kurz danach überflogen sie ein ehemaliges kleines Einkaufszentrum und den Oakham Way. „Ja, mit der Kommission ‚Raptus'", bestätigte Pelzer. Pablo Cambiare schien immer noch beunruhigt. „Woher haben Sie diesen Helikopter? Und wer ist der Pilot? Diese Dinger können nur Mitglieder der Hairesis-Initiative steuern!" Pelzer musste lächeln. „Den Helikopter haben die deutschen Behörden zusammen mit zwanzig anderen Exemplaren kürzlich beschlagnahmt", erklärte er, „die sollten illegal nach Katar geliefert werden." „Und der Pilot?", hakte Cambiare nach. „Nun ja, der kam von der Hairesis-Initiative in den Niederlanden und hat an einem Aussteigerprogramm teilgenommen. Dieses Aussteigerprogramm wird von der Düsseldorfer Norman L. Paulus-Stiftung finanziert. Die Stiftung wurde übrigens nach der Ermordung Ihres Großonkels gegründet", erklärte Pelzer weiter. „Von solchen Leuten bekommen wir wichtige Informationen, die uns auf Dauer helfen, die Hairesis-Initiative endlich zu verbieten. Wir können alles an Infos gebrauchen." Mario reichte schweigend Pablo dessen Smartwatch. „*Upload erfolgreich!*", stand da auf dem Display. „Ich glaube, ich habe da etwas für Sie und Ihre Kollegen", sagte Pablo und reichte Pelzer die Smartwatch weiter. „Wo fliegen wir hin?", meldete sich Hui, die immer noch so klang, als habe man sie gerade aus dem Tiefschlaf geweckt. Pelzer beugte sich vor und blickte in das Cockpit des Helikopters. Vor der gläsernen Kanzel durchbrachen orange Strahlen der Morgensonne die Wolken. „Dahin, wo es sicher ist. Wo genau, das können wir uns aussuchen", sagte Oskar Pelzer. „Wenn ich etwas in meinem Leben gelernt habe, dann, dass es immer eine Alternative gibt."

Zu den Autoren:

Ansgar Fabri:
Wissenschaftlicher Mitarbeiter, Lehrbeauftragter (Kreatives Schreiben) an der Hochschule Niederrhein und Dozent in der Erwachsenenbildung (Deutsch als Fremdsprache, Texter-Trainings). Journalistische, wissenschaftliche und belletristische Veröffentlichungen. Romane: „Hinter den Ginstertrieben", „Der Saulus-Effekt", und „Raptus". Auszeichnung durch Amnesty International und Aktion Mensch für seine Kurzgeschichte „Alltagsszene" (Arena Verlag). Der Autor ist Mitglied der Krimischriftstellervereinigung das *Syndikat*.

Nadine Fabri:
Kulturpädagogin (BA), belletristische Veröffentlichungen in diversen Anthologien („nachtaktiv – Das Buch zur Kulturnacht", „Statt Mauern", „Tischgeschichten"). Schreibt und lebt gemeinsam mit ihrem Mann in Mönchengladbach.

Weitere Informationen über Publikationen und Projekte auf www.fabri-k.de.

„Volksverein Mönchengladbach"

Der **"Volksverein Mönchengladbach"** gGmbH ist ein Sozialunter-
nehmen, das durch Angebote zu "Bilden - Arbeiten - Begegnen - Beraten" Langzeitarbeitslosen
die (Wieder-) Eingliederung und Teilhabe in
Gesellschaft und Arbeitswelt ermöglicht.

Hierzu unterhält der Volksverein Angebote zur
Mitarbeit in den Bereichen Secondhand und
Wiederverwertung von Gebrauchsgütern (Möbel
– Elektrogeräten – Hausrat – Bücher und CDs -
Schuhen – Kleidung). Weitere Lern- und Arbeits-
felder bieten

➢ die Produktion von Rapsöl als Lebensmittel

➢ die Schreinerei mit dem Bau von Möbeln
und Einrichtungsgegenständen für private
Haushalte und soziale Einrichtungen

➢ Herstellung von Nisthilfen etc. für den
Webshop www.aviami.de.

Die Gesellschaft versteht sich als Anwalt, für und
mit Arbeitslosen für eine gerechtere Gesellschaft und gegen Arbeitslosigkeit und Armut zu
streiten.

(Volksverein Mönchengladbach,
Hermann-Josef Kronen)

BIS-Zentrum für offene Kulturarbeit

Das **BIS-Zentrum für offene Kulturarbeit** in Mönchengladbach, Bismarckstr. 97-99 möchte in der Literatursparte Autoren aus der Region eine Plattform bieten, ihre Texte dem Publikum zu präsentieren. Besonders das Genre Krimi steht bei den Hörern hoch im Kurs und deshalb begann alles im Jahr 2005 mit einer Krimilesung, daraus sind die 10. Mönchengladbacher Krimitage 2014 über die Jahre mit erstklassigen Beiträgen von unterschiedlichen Autoren erwachsen.

(BIS-Zentrum für offene Kulturarbeit in Mönchengladbach, Claudia Übach-Pott)